이 멋진 세계에 축복을!
판타스틱 데이즈
GOD'S BLESSING ON THIS WONDERFUL WORLD!

다크니스
마조히스트에 대 귀족 집안 아가씨에 모험가이자 기사. 본명은 더스티네스 포드 라라티나. 최근의 고민거리는 단단한 복근. 섹시 담당
메구밍
폭렬 마법이라 불리는 최강 마법을 단련하는 것에 삶의 보람을 느끼고 있는 홍마족 아크 위저드.
폭렬 마법밖에 못 쓴다.
아쿠아
카즈마의 사망 원인을 놀린 탓에 전생 특전으로 끌려온 물의 여신. 아쿠시즈 교단이 숭배하는 존재.
주인공. 은둔형
고등학생이었으나
히 외출한 때에
고(?!)를 당해 사
이세계 전생하게
액셀 하츠
에리카
무희 그룹 · 액셀 하츠의 멤버로, 귀여움에 목숨 거는 레인저.
제멋대로에 마이페이스이지만, 칭찬받으면 금세 우쭐해지는 기분파다.
시에로
무희 그룹 · 액셀 하츠의 멤버로, 춤이 특기인 아크 프리스트.
소심하고 우유부단한 데다, 남성 공포증이 있어 남자가 접촉해오면 금세 손이 나간다.
리
무희 그룹 · 액셀 하츠의 리
자, 노래가 특기인 랜서.
노력가에 진지한 성격이지만
빠진 면도 있다. 「콘지로」라
형을 소중히 여긴다.

AQUA

이 멋진 세계에 축복을!

GOD'S BLESSING ON THIS WONDERFUL WORLD!

판타스틱 데이즈

히루쿠마 지음

미시마 쿠로네 일러스트

이승원 옮김

이 멋진 세계에 축복을! 판타스틱 데이즈

GOD'S BLESSING ON THIS WONDERFUL WORLD!

CONTENTS

프롤로그

오늘은 하루 내내 게으르게 지내기로 마음먹고 저택 안에서 데굴거리며 행복하기 그지없는 시간을 보내던 차에, 뾰족모자를 쓰고 검은색 옷을 입은 마법사 소녀— 메구밍이 내 눈앞에 나타났다.

"카즈마, 퀘스트를 하러 가죠!"

"오늘은 됐어."

"어제도, 그 전날에도 그런 소리를 하며 저택에 틀어박혀 있지 않았느냐. 대체 언제 퀘스트를 하러 갈 거지?"

내가 대충 대꾸하자, 이번에는 겉모습은 어엿한 금발 여기사— 다크니스가 끼어들었다.

"퀘스트는 위험하거든~. 다치기라도 하면 싫잖아? 무리해서 할 필요는 없다고. 먹고 살기 어려운 것도 아닌걸."

얘들은 왜 이렇게 일하고 싶어 하는 걸까. 느긋하게 잠이나 퍼질러 자다가, 일하지 않고 먹는 밥은 최고로 맛있는데 말이다.

"정말 게을러터졌네요! 아쿠아도 한마디 해주세요!"

"……아냐. 오늘 카즈마 씨는 틀린 말을 하지 않았어. 우리, 요즘 들어 일을 너무 많이 했잖아! 동료의 어리광은 좀 받아주자! 그러니, 비장의 슈와슈와를…….”

푸른 머리카락에 푸른 옷을 입은, 입만 다물고 가만히 있으면 한 폭의 그림 같은 미소녀가 내 말을 긍정해줬다.

말 잘했어, 아쿠아. 역시 나와 오래 알고 지낸 사이야. 나를 잘 안다니깐.

“대낮부터…… 이렇게 지내도 정말 괜찮은 것이냐?”

다크니스가 생각에 잠기며 고개를 갸웃거렸을 때, 긴급 경보가 들려왔다.

“어, 뭐야?!”

『긴급 퀘스트! 긴급 퀘스트! 모험가 여러분은 즉시 정문으로 모여 주십시오!』

이어서 길드 접수처 직원의 귀에 익은 목소리가 들려왔다.

“이 경보도 참 오래간만인걸……. 모든 게 반가워.”

“느긋한 소리 할 때가 아니잖아요. 자, 서두르죠!!”

메구밍이 필사적으로 나를 밀었다. 솔직히 말해 의욕이 나지 않았다.

애초에 오늘은 온종일 느긋하게 지내기로 굳게 마음먹었다. 그러니 이 정도 일로 내 뜻을 꺾을 생각은 없다!

“먼저 가……. 나는 젓가락보다 무거운 건 들지 못하는 몸이 됐어.”

“대부호 같은 소리 늘어놓지 마세요! 자, 빨리 가자고요!!”

이대로 어리광을 부려봤자 억지로 끌려가기나 할 것 같다. 좀 더 저항하고 싶지만…… 뒤편에 있는 다크니스가 밧줄을 가지고 왔다.

"어이, 그걸로 뭘 어쩌려는 건데? 나는 그런 취향은 없어. 너랑은 다르다고."

"안 움직인다면 억지로 끌고 갈 수밖에 없지 않느냐."

어이, 볼 붉히지 마. 왜 표정이 기뻐 보이는 건데.

"알았어. 대신 너를 그걸로 꽈아아악~ 묶어줄게. 그걸로 됐지?"

"그, 그런 유혹에 내가 응할 거라고 생각하는 것이냐?"

그걸 유혹이라고 여긴 순간에 넌 이미 끝장이야.

"생각해. 아니, 확신한다고. 자, 밧줄을 넘겨주고 뒤돌아서."

"나를 얕보지 마라! 하지만 정 원한다면 네 뜻에 따라줄 수도 있다."

입으로는 그렇게 말하지만, 몸은 정직한 것 같았다. 뒤돌아선 다크니스는 자기 손을 묶기 쉽도록 등 뒤로 돌렸다.

"뭐 하는 거예요, 다크니스! 바보 같은 짓 하지 말고 빨리 가죠!"

제1장

1

정문 앞은 이미 사람들로 북적이고 있었다.

액셀 안의 모험가가 전부 모인 것은 아닐까 싶을 정도로 붐볐다.

주위를 둘러보니, 아는 얼굴이 눈에 들어왔다.

금발에 빨간 눈을 지닌 양아치 모험가 더스트, 그리고 그의 보호자인 마법사 린, 그리고 두 사람과 같은 파티인 테일러와 키스도 있는걸.

"좋았어! 놀음할 판돈을 벌어보자고!"

"그전에 나한테 진 빚부터 갚아."

"내키면 갚을 거라고!"

저 자식은 항상 주머니 사정이 안 좋다니깐. 뭐, 나도 옛날에는 비슷했지만 말이야.

하지만 지금은 다르다. 이제 그렇게 아등바등 돈을 모으지 않아도 될 만큼 벌었다.

"훗. 올해는 꽤나 빨리 납셨는걸."

험상궂은 인상과 모히칸 머리가 트레이드 마크인 아저씨가 앞쪽을 바라보며 중얼거렸다.

그 시선을 따라가 보니— 무수한 양배추가 날아오고 있었다.

그렇다. 그 동글동글한 녹색 채소다.

원래라면 깜짝 놀라야 할 상황이지만, 이 기묘한 광경에도 익숙해진 나 자신이 무섭다.

"양배추……. 어이, 저 자식들은 원래 가을에 오는 것 아니었어? 지금은 아직 봄이잖아!!"

스스로도 이상한 소리를 한다는 걸 자각하고 있지만, 이 세상에서는 그게 정상이다.

"어머, 카즈마는 모르는 거야? 쟤들은 가을에 심어서 봄에 수확하는 봄 양배추야. 맛이 정말 각별하다니깐! 그리고 비싼 값에 팔리는 데다, 안주로도 끝내줘. 자, 어서 수확하자!!"

의기양양하게 딴죽을 날리는 아쿠아의 등을 쳐다보면서, 나는 땅이 커지게 한숨을 내쉬었다.

2

"도와줘, 카즈마 씨~!! 이 양배추들, 지난번보다 흉폭하거드으으은?!"

역시, 이렇게 됐나…….

나는 양배추에게 쫓기며 비명을 지르는 아쿠아를 쳐다보면서 하품을 크게 했다.

그러자 나와 마찬가지로 멀찍이 떨어져서 전장을 지켜보

고 있던, 길드의 미인 접수처 직원이란 평판의 루나가 입을 열었다.

"봄 양배추는 기운이 넘쳐서 운동을 자주 해요! 그래서 더 맛있다고 하죠!"

루나는 기쁜 듯한 어조로 그렇게 말했다. 양배추를 좋아하는 걸까?

"끄으응…… 한 곳으로 몰 수 있다면, 제 폭렬마법으로 쓸어버릴 텐데 말이죠."

메구밍이 평소와 마찬가지로 무시무시한 말을 중얼거렸다.

나는 양배추로 뒤덮인 전장에서 필사적으로 싸우고 있는 모험가를 살피면서, 때때로 스틸을 써서 양배추를 확보하는 식으로 적당히 활약했다.

"어이, 다들 큰일 났어! 오늘 돌아올 예정인 극단의 마차가 아직 안 돌아왔나 봐!!"

"봄 양배추에게 습격을 당한 거 아냐? 구하러 가려고 해도, 이 양배추 떼를 해치며 나아가는 건……."

모험가들의 다급한 목소리가 들려왔다.

양배추라는 단어가 긴박감을 망치고 있지만, 좋지 않은 상황 같았다.

……내버려 두더라도, 정의감 넘치는 다른 모험가가 구하러 가겠지.

"그들을 내버릴 수야 없지! 좋다, 우리가 마차를 찾으러 가자꾸나. 양배추의 공격은 내가 전부 막아내겠다!!"

다크니스는 의기양양한 목소리로 그렇게 선언했다. 그 말 자체는 참 멋지지만…….

"너…… 방금, 기뻐하지 않았어?"

"그런 적 없다."

얼굴이 웃고 있거든?!

일부러 위험을 감수할 필요는 없다며 말리려 했지만, 이미 달려 나간 다크니스는 주저 없이 양배추 떼에 뛰어들었다.

"저 멍청이! 우리도 가자!"

내버려 둬도 죽지는 않을 것이다. 재의 방어력 하나만큼은 신뢰하거든.

하지만 도우러 가봤자 공격을 명중시키지 못하는 만큼, 일방적으로 두들겨 맞기만 할 게 뻔했다.

……본인이 그걸 바란다는 점은 무시하더라도 말이다.

양손을 펼친 채 돌진하는 다크니스의 몸에, 양배추가 사방팔방에서 몸통 박치기를 날렸다.

"하악, 하악, 오늘따라 양배추의 공격이 각별하구나! 묵직하고, 단단한 일격…… 끝내주는구나!!"

여유는 있는 것 같았다. 한동안 내버려 둬도 괜찮을지도 모르겠다.

이렇게 되면 어쩔 수 없지. 마차 쪽을 먼저 정리해야겠다. 사례금을 받을 수 있을지도 모른다.

"저기 보세요, 카즈마! 짐마차가 있어요!!"

"어이, 거기 탄 녀석들! 살아 있어?!"

짐마차 근처에서 몸을 웅크리고 있는 통통한 인상의 남자에게 말을 걸자, 겁에 질린 그의 얼굴이 약간 누그러졌다.

"아, 응. 하지만 말이 도망쳤다고……."

"다른 승객은 없는 거야?"

아쿠아가 마부의 상처를 치유하면서 질문을 던졌다.

"그래. 무희들이 있긴 했는데, 먼저 도망쳤어. 나는 짐이 걱정되어서……."

무희? 그러고 보니, 극단의 마차라고 했었지.

"하지만 여기 있다간 마차와 함께 저승길을 건너게 될걸? 우리를 따라와! 다크니스! 이 아저씨를 안전한 곳으로 대피시킬 테니까, 양배추를 더 유인해!!"

내가 큰 목소리로 지시를 내리자, 다크니스는 깜짝 놀란 얼굴로 나를 쳐다봤다.

"이, 이렇게 대미지를 받았는데, 방패 역할을 더 하라는 것이냐?! 후후후…… 바라던 바다!! 더, 더…… 나를 방패로 써다오!!"

양손을 펼치며 환희에 젖은 그녀를 향해, 양배추 떼가 달려들었다.

"지금이야! 다크니스가 미끼 스킬로 양배추를 유인하는 틈에 튀자!!"

"아저씨, 이쪽이야!! 마차에서 떨어져!!"

"그, 그래. 하지만 짐이—."

아직도 머뭇거리는 아저씨의 손을 잡아끌어서, 마차로부터 떼어냈다.

"카즈마!! 저는 언제든 폭렬마법을 날릴 준비가 됐거든요?!"

바로 그 적절한 타이밍에 메구밍이 입을 열었다.

"마침 양배추도 한곳에 모여 있네. 이 자식들을 쓸어버려서, 도주 경로를 확보하자! 쓸어버려, 메구밍! 하지만 마차까지 휘말리게 하지는 말라고!"

"내 이름은 메구밍! 홍마족 제일의 마법사이자 폭렬마법을 펼치는 자!!"

마법의 영창이 시작됐다. 아, 맞다. 깜빡하기 전에 불러야겠네.

"다크니스, 폭발에 휘말리기 전에 빨리 도망쳐!!"

"아앗…… 조금만, 조금만 더—."

"야, 정신 나갔어?! 빨리 이쪽으로 와~!!"

아무리 방어력이 끝내주는 다크니스라도 폭렬마법을 정통으로 맞았다간 위험하다. 옛날이라면 몰라도, 요즘에는 폭렬마법의 위력도 상승했으니 말이다.

"훗훗훗……. 나의 힘을, 똑똑히 보거라! 『익스플로전』!!!"

마법의 일격이 멋지게 양배추 떼를 쓸어버리면서— 마차도 가루로 만들어버렸다.

"인마, 뭐 하는 거야! 마차까지 박살났잖아!! 마차는 휘말리게 하지 말랬지?!"

"홍마족의 사전에 적당히라는 단어는 없어요. 훗…… 나이스 폭렬!"

이 꼬맹이~! 확 내버려 두고 돌아가 버릴까?!

"너, 너희들, 이게 무슨 짓이야……!!"

분노를 억누른 목소리가 등 뒤에서 들려왔다. 머뭇거리며 돌아보니, 부들부들 떨고 있는 마부의 모습이 눈에 들어왔다.

"미, 미안해…… 하지만, 그래도 덕분에 다치진 않았잖아. 이 정도면 잘 된 거 아니냐고."

어찌어찌 원만하게 해결할 수 없을까 싶어, 나는 상냥한 어조로 상대방을 달랬다.

"멍청한 소리 말라고!! 저 짐마차에는 말이다—!"

3

모든 것이 끝난 후, 무거운 몸을 질질 끌며 술집에 도착했다.

여자 점원에게 슈와슈와를 주문한 후, 무너지듯 자리에 털썩 앉았다.

"맙소사……. 극단의 마차라고 들었는데……."

"짐칸에 귀족에게 바칠 귀중품이 실렸을 거라고는 꿈에도 생각 못 했어. 왜 극단의 마차가 운반 의뢰를 맡은 건데?!"

옆에 앉은 아쿠아가 분노를 숨기지 않고 푸념을 늘어놨다.
"맞아요. 그런 짐이 실린 줄 알았으면, 폭렬마법을 쏘지 않았을 거라고요."
내 맞은편에는 메구밍과 다크니스가 서 있었다. 방금 이곳에 온 것 같았다.
"……아냐, 너라면 쐈을 거야."
"아, 아니거든요?"
수상쩍은 태도와 흔들리는 눈동자가 전부 이야기해주고 있다.
"귀금속의 손해 배상 금액이…… 4억 5천만 에리스……. 무리야. 그 큰돈을 대체 어떻게 갚으라는 건데!"
빚더미 생활을 청산하고, 겨우 손에 넣은 행복한 일상이라고! 다시 빚더미 생활로 되돌아가는 거냐?!
이러지 말아 줘. 지난번에도 고생고생해서 겨우 갚았단 말이다!
"보수가 좋은 초고난도 퀘스트에 도전할 수밖에 없겠네. 마왕군 간부를 퇴치하는 수준의 퀘스트 말이야!!"
"초고난도 퀘스트……. 하기 싫어~. 게다가, 그런 걸 우리까지 해낼 수 있겠어? 고난도 퀘스트를 받을 거면, 길드에서 파티 멤버를 모집해야—."
"저기, 잠시 실례할게."
"어?"

아쿠아와 내 대화에 끼어든 건, 흑발의 여자애였다.

길고 윤기 넘치는 흑발에는 금빛 머리핀이 꽂혀 있었다. 호리호리한 체격에 모험가 같은 복장을 했지만, 여태 모험가 길드에서 본 기억은 없다.

"너희 이야기가 들렸는데, 혹시 고난도 퀘스트에 도전할 생각이야?"

"아니, 아직 정해진 건 아닌데요……."

"저기, 혹시 괜찮으시다면……. 저희도 파티에 넣어 주실 수 있을까요?"

흑발 여자애 뒤편에서, 금발에 보이시한 헤어스타일의 여자애가 모습을 보였다. 저희, 라고 말하는 것을 보면 이 두 사람은 모험가 동료인 걸까?

"정확하게는 들어가 줄 수도 있다는 거야. 우리와 퀘스트를 함께 할 수 있어서 기쁘지?"

이어서 난입한 이는 분홍색 트윈테일이라는 꽤나 눈에 띄는 머리 모양을 한 여자애였다. 말투는 고압적이지만 거슬리지는 않았다. 하지만…… 속성이 과다하지 않아?

이 상황에서 미소녀가 세 명이나 나타나다니, 무슨 플래그라도 선 것일까?

"아마 너희의 발목을 잡진 않을 거야……. 안 될까?"

검은 머리 여자애가 리더인 것 같네. 나를 향해서 한 걸음 내디디며 그렇게 말했다.

"확실히 파티 멤버를 모집할 생각이긴 했는데, 대체 누구시죠~?"

아쿠아가 그런 질문을 하는 게 당연했다. 느닷없이 이런 소리를 들어도 마음의 준비가 안 되어 있으니 말이다.

세 명의 여자애는 서로의 얼굴을 쳐다보며 고개를 한번 끄덕이더니, 우리를 향해 다시 돌아섰다.

"그래, 자기소개를 안 했네. 우리 셋은 무희이며, 유닛을 짜서 활동하고 있어. 액셀 마을을 중심으로 각지를 돌며—."

"세세한 설명은 됐어. 자기소개를 들려주면 바로 이해할 거야!"

핑크 머리 트윈테일이 설명을 끊었다.

"으, 으음…… 부끄럽지만, 최선을 다할게요!"

의욕이 있는 건 좋지만, 대체 뭘 최선을 다하겠다는 거지?

"내가 누군지 알고 싶어~? 그건 바로, 내가 바로, 시에로!!"

시에로라 말한 애가 인사를 하듯 상반신을 숙이며 입가에 손을 댔다.

……느닷없이 보이시한 애가 영문 모를 짓을 하기 시작했다.

"거, 겉보기엔 시크해도 속마음은 따뜻! 리아가 안식처가 되어 줄, 게……!!"

이어서 자기소개를 한 검은 머리 여자애가 어색한 윙크를 했다. 유심히 보니 얼굴이 새빨갰다.

그럼 다음은 핑크 트윈테일 차례인가.

"전 세계의 귀여움이 모두 여기에! 1000퍼센트 귀여운, 에리카입니다~!"

그 자리에서 한 바퀴 돈 그녀는 환한 미소를 지었다.

이 애는 전혀 부끄러워하지 않으며 가장 봐줄 만하게 해냈는데…… 아야야야.

그리고 세 사람은 눈짓을 교환하더니, 나란히 섰다.

"""천 년에 한 번 나올까 말까 한 무희 유닛! 액셀 하츠!!"""

타이밍이 미묘하게 어긋났지만, 그래도 세 사람은 함께 포즈를 취했다.

어라, 이 느낌은 뭐지? 부끄러우면서도 어딘가 그리운……. 일본에서 이런 걸 본 적이 있는 것 같은데…….

"꽤 괜찮은 자기소개네……. 우리도 지지 않도록, 이런 자기소개를 해야 할까?"

왠지 아쿠아가 긍정적인 반응을 보였다.

"호오, 다 같이 포즈를 취하는 건가요. 그럼 멋진 포즈를 고안해야겠는걸요."

"대중 앞에서 저런 걸 하라는 것이냐?! 귀족인 내가 호기심에 찬 시선을 받으며, 수치심에 떠는…… 나쁘지 않겠구나."

이 자식들은 왜 의욕이 넘치는 거야?

"그러지 마. ……나는 사토 카즈마. 그리고 옆에 있는 애는 아쿠아. 그리고 저쪽에 있는 두 사람이 다크니스와 메구밍이야."

"세 사람 다 무희구나. 그래서 귀여운가 보네."

"귀여워……? 저기, 나를 귀엽다고 했어?"

"어? 그렇게 말했는데, 그게 어쨌—."

에리카는 기쁨에 찬 표정을 짓더니, 아쿠아를 향해 몸을 쑥 내밀었다.

"후훗, 더 말해줘! 그리고 귀여운 내가 너희 파티에 들어가 주는 걸 기쁘게 여겨!!"

온몸을 배배 꼬며 기쁨을 표현한 그녀는 나를 손가락으로 가리키더니, 거만한 시선으로 쳐다보며 명령했다.

얘는 뭐야……. 귀엽다는 말에 과잉 반응하네? 그다지 가까워지고 싶지 않은 타입의 여자애인걸.

"저기, 에리카. 초면인 사람한테 그런 말을 하면 안 돼……."

"아무튼, 어때? 우리를 너희 파티에—."

"사양하겠어! 무희가 세 명 있어봤자 전력에 도움이 안 되잖아! 우리가 희망하는 건 공격력이 뛰어난 상급 직업이라고!!"

나는 한 치의 주저도 없이 바로 대꾸했다.

이야기를 끝까지 들을 필요도 없다. 아까 자기소개도 그렇고, 위험한 느낌이 이 애들한테서 물씬 풍기고 있었다. 겉보기에는 괜찮아도 속에 문제가 많은 애들이라면, 이미 실컷 봐왔거든.

"무, 무희는 우리가 하는 일이야. 모험가로서의 직업은 따로 있어! 나는 랜서, 창잡이야. 공격력이라면 좀 자신 있어.

그리고 에리카는—."

"레인저야. 귀엽기만 한 게 아니라, 퀘스트에 도움이 되는 스킬도 잔뜩 갖고 있어!"

"저, 저는 아크 프리스트예요. 후방에서 회복 마법으로 지원해드릴 수 있어요……."

균형 잡힌 3인조이긴 한 건가.

"유감이네. 우리 파티에는 이미 실력파 미인 아크 프리스트인 내가 있어!"

"그딴 동료가 있었던 기억 없거든?! 어이, 달려들지 마. ……뭐, 얘는 이래 보여도 능력 하나는 확실히 뛰어나니까. ……그러니 다른 파티를 알아봐. 그럼 이만."

나는 상대방에게 대답할 짬을 주지 않기 위해 그렇게 말한 후, 내 머리를 움켜잡은 아쿠아를 데리고 다른 자리로 이동했다.

나는 새로 진 빚 문제 때문에 골치가 아프기에, 성가신 파티를 상대해 줄 여유가 없다.

"아……."

"저 녀석, 뭐야? 보아하니 최약체 직업인 모험가잖아? 그러면서 우리의 가입을 거절하다니……."

"어, 어쩌지……. 멤버를 모집하는 파티는 저 사람들뿐인데……."

"포기하지 마. 우리 실력을 어필하면……."

셋이서 상의하는 목소리가 어렴풋이 들려왔다.

최약체 직업이라 되게 미안하네. 더는 손이 가는 애들과 얽히고 싶지 않아. 이 세 명을 돌보는 것만으로도 벅차다고.

4

메구밍, 다크니스와 헤어진 나는 마을 안을 돌아다녔다.

아쿠아는 한가한지, 나와 어깨를 나란히 하며 걷고 있다.

"아까 그 무희들, 좀 불쌍하지 않았어? 하지만 그 애들은 더스트네랑 파티를 짜는 편이 차라리 낫겠지."

"맞아. 우리에게 필요한 건, 고난도 퀘스트에 동행할 실력자인걸!!"

아쿠아의 말이 옳다. ……우리의 실력을 제쳐놓고 이야기하자면 말이다.

"아아, 어쩌면 좋을까?! 내가 고난도 퀘스트에 가야 하다니!!"

"어, 뭐야?"

마을 안에서 느닷없이 들려온 목소리에 고개를 돌려본 순간, 나는 인상을 찡그렸다.

"이렇게 귀여운 나한테, 고난도 퀘스트는 무리야!"

"그, 그렇다면~. 내가 동행하겠어~. 이, 이래 봬도, 창 무술 대회에서, 우승한, 적이 있거든~."

"저, 저도 동행할게요! 아크 프리스트지만, 무술도 익혔어요!!"

"이렇게 유능한 사람들이 함께해준다면, 드래곤과 마주쳐도 무섭지 않아! 게다가 이 귀여운 에리카 님도 같이 가는걸!!"

우리가 향하는 방향에는, 아까 본 그 3인조가 있었다. 그건 그렇고, 연기가 참 어설프네……. 혹시 파티에 받아달라고 어필하고 있는 걸까?

"카즈마 씨……. 재들, 우리를 힐끔힐끔 쳐다봐."

"눈 마주치지 마, 아쿠아! 눈 마주쳤다간 정이 들 거야! 빨리 이 자리를 벗어나는 게 정답이라고!!"

아쿠아의 얼굴을 움켜잡고 억지로 고개를 돌린 나는 방향 전환을 하며 그대로 내달렸다.

"아…… 가버렸어."

"어째서지……. 자연스럽게 어필했다고 생각했는데……."

"뭐가 자연스러웠단 거야! 너희들, 완전 발 연기였거든? 이렇게 되면 내가 한 팔 걷어붙이는 수밖에 없겠네!!"

등 뒤에서 다투는 목소리가 들려왔다.

에리카의 지적은 옳지만, 네 연기도 엄청 과장스러웠다고.

5

—다음날.

평소처럼 저택의 소파에 누워서 나태한 시간을 보내고 있을 때, 아쿠아가 손에 쥔 무언가를 흔들어 보이며 걸어왔다.

"카즈마, 카즈마~. 우편함이 소포가 들어 있었네."

"나한테 온 거야? 으음, 보낸 사람이 적혀 있지 않은데……. 일단 뜯어볼까."

짚이는 데는 없지만, 위험물이 들어있지도 않을 것이다.

"이, 이건…… 여성용 스타킹?! 이런 게 왜……?"

"어머, 편지도 들어 있네. 으음……『이건 계약금이야. 동료로 삼아준다면 더 좋은 걸 줄게. 아주 아주 귀여운 에리카가』라네."

"그 여자, 대체 무슨 생각인 거야?"

정말 이해가 안 된다. 이런다고 내가 같이 모험하고 싶어할 거라고 진심으로 생각하는 걸까?

"무슨 생각인 거야, 는 내가 해야 할 말이다, 카즈마! 거실에서 여성용 스타킹을 쳐다보며 히죽거리다니……. 그건 누구 스타킹이냐?! 설마 훔친 것이냐?!"

성가신 타이밍에 나타난 다크니스가 나에게 따지기 시작했다.

"아, 아냐! 이건 다른 사람이 멋대로 보낸—."

"변태인가요? 역시 카즈마는 변태인가요?!"

메구밍, 역시는 또 무슨 소리냐고!

"잠깐만! 다크니스, 메구밍, 내 말 좀 들어봐!!"

"다가오지 마라, 변태!"

"반경 5미터 이내에 접근하지 말아 주세요!"

"메구밍은 그렇다쳐도, 다크니스한테 변태 소리 들을 이유는 없다고!"

"뭐, 뭐라고~!"

그 무희들 탓에 파티 안에서의 내 입지가 더 나빠지고 있다…… 젠장!!

"아쿠아, 따라 와! 그 녀석들에게 한 소리 따끔하게 해줘야겠어!!"

6

모험가 길드에 뛰어 들어간 나는 주위를 둘러봤다.

그 문제아들은 어디 있지? ……저기 있네!

"정말 괜찮을까? 그런 걸 보내도……."

"괜찮아. 곧 우리한테 고개를 숙이며 『파티에 들어와 주십시오』 하고 애원할 거야!"

"애원할 것 같냐! 찾았다, 이 망할 무희야!!"

만악의 근원을 발견한 나는 무심코 핑크 머리를 때렸다.

"아얏! 갑자기 사람 머리를 때리지 마!! 바보가 되면 어쩔 건데?!"

"넌 이미 바보라고! 이상한 걸 남의 집에 보내놓곤 무슨 소리를! 네 탓에 동료한테 변태 취급당했잖아!!"

"맞아, 맞아. 이미 변태 취급당하고 있기는 해도, 그딴 걸 받으면 중증 변태 취급을 받게 되거든?"

"너는 또 괜한 소리를…… 잠깐만 있어 봐. 응? 나, 변태 취급받고 있었어?"

이 자식들은 나를 몰래 변태 취급한 거구나. 다음에 차분히 이야기를 좀 나눠봐야겠는걸.

"폐, 폐를 끼친 건 사과드릴게요. 하지만 에리카도 필사적이었어요……. 어떻게든 여러분의 파티에 들어가고 싶어서……."

보이시한 애가 순순히 사과했다. 이름이 시에로였던가.

얌전하고 정상적인 애 같아 보이지만, 방심은 금물이다.

"저기, 카즈마……. 왠지 이 애들, 피치 못할 사정이 있는 것 같지 않아?"

"사정이 있다고 해서 무슨 짓이든 다 해도 되는 건 아니잖아! 이딴 비상식적인 애들은 절대로 파티에 받아줄 수—."

"실은, 저희가 짐을 옮기던 마차가 폭파되는 바람에……."

"짐…… 폭파?"

최근에 어딘가에서 들은 적이 있는, 이야기 같은데……?

삼인조가 서로를 쳐다본 후, 리아가 입을 열려고 했다.

아, 안 돼. 듣고 싶지 않아! 더는 듣고 싶지 않다고!

"그래. 양배추가 쳐들어온 날에 누군가가 쓴 마법에 휘말려서……. 의상도, 무대 장식도, 전부 불타버렸어."

"쇼를 하기 위해서는 의상과 무대를 마련할 돈이 필요해.

그래서 고난도 퀘스트를 받아서 돈을 벌려고 하는 건데…….”

“하지만 저희끼리는 불안해서, 함께 고난도 퀘스트를 맡을 사람을 찾고 있어요!”

젠장, 짚이는 데가 너무 많아! 그때…… 메구밍이 박살 낸 마차에, 얘들의 짐도 실려있었던 거냐!!

마부 아저씨가 무희를 태웠다고 말하긴 했었지…….

“저기, 그 마차는 혹시 메구밍이—.”

허둥지둥 아쿠아의 입을 틀어막아서, 더는 아무 말도 하지 못 하게 하려고 했다.

“아쿠아! 얘, 얘들은 네 말대로 피치 못할 사정이 있는 것 같네. 곤란할 때는 서로를 도와야 하는 법이잖아. 함께 고난도 퀘스트를 맡자고!!”

“우그그아아…….”

이 상황에서도 아쿠아가 무슨 말을 하려 했지만, 괜한 소리 말라고!

실은 얘들과 더는 얽히고 싶지 않지만, 우리…… 주로 메구밍 탓에 곤란해진 것이라면, 동료로서 잠자코 있을 수 없다.

“어…… 괜찮겠어?”

“물론이죠. 곤란에 처한 여자애를 내버려 둘 수는 없으니까요.”

좀 억지스럽고 수상쩍지만, 지금은 이 기세와 말솜씨로 밀어붙일 수밖에 없다!

"……너는 좋은 녀석이구나."

아앗…… 양심이 아프다. 이 녀석들의 집이 불타버린 건, 우리 탓이기도 한데…….

"하지만 메구밍와 다크니스와 의논하지도 않고, 멋대로 동료로 삼아도 괜찮은 거야?"

괜한 소리를 하지 말라고 다짐을 받은 후에 놔준 아쿠아가 웬일로 올바른 의견을 내놨다.

"그럼 시험 삼아 다 같이 퀘스트를 하러 가자. 애들의 실력도 보고 싶거든."

실력이 별로라면, 거절한 이유도 될 테니 말이다.

"좋아. 어디 해보자. 우리가 그냥 귀엽기만 한 애들이 아니라는 걸 보여주겠어!"

"그, 그럼…… 잘 부탁드려요!"

7

드디어 얼마 전에 만난 세 명의 무희와 함께 퀘스트를 하러 가는 날이 됐다.

액셀의 정문에서 동료들과 함께 기다리고 있을 때, 액셀하츠의 세 사람이 나타났다. 다들 자신의 주 무기를 들고 있어서 그런지, 어엿한 모험가 같아 보였다.

"오늘은 잘 부탁해."

"정말, 우리가 시범 채용이라는 게 이해가 안 돼!"

"에리카, 무례하잖아. 우리가 부탁하는 처지인데……."

핑크머리 트윈테일인 에리카만 표정에 불만이 어려있었다.

"괜찮아요. 이 파티에는 그 정도로 화내는 속 좁은 사람이 없으니까요."

메구밍이 온화한 어조로 그렇게 말했다. 뒤편의 다크니스는 맞는 말이라는 듯이 고개를 끄덕이고 있었다.

속 좁은 사람……이라. 메구밍은 폭렬마법, 다크니스는 본명, 아쿠아는 잉여신. 그걸 가지고 놀리면 바로 발끈하는 주제에, 잘도 저런 소리를 늘어놓네.

"그것보다, 정말 오래간만에 퀘스트를 맡았구나. 다들, 힘내자!"

"응! 선배 아크 프리스트로서, 시에로한테는 안 질 거야!!"

"괜히 경쟁심을 불태우지 마."

하지만…… 어찌어찌하다 보니 같이 퀘스트를 하러 가게 됐는데, 이래도 정말 괜찮은 걸까…….

우리 탓에 쟤들의 의상이 불타버렸다는 걸 들키기 전에 거리를 두는 편이 나을 것도 같은데…….

"어? 저기 있는 건……."

내가 생각에 잠겨 있을 때, 경박하기 그지없는 목소리가 들려왔다.

뒤를 돌아보니, 더스트였다.

"역시 카즈마잖아! 이런 데서 농땡이 피우고 있는 거냐? 그리고 저 귀여운 여자애들은 누구야?! 설마, 또 새로운 여자애를 농락—."

"나, 남들 오해할 소리 좀 하지 마! 딱히 농락하는 게 아니라고!!"

"알았다, 알았어. 어차피 피치 못할 사정이 있는 거지? 자세한 건 안 묻겠어. 그보다 카즈마 너, 일전에는 정말 재수 없었네."

"윽?!"

설마, 그 일을 언급하려는 건 아니겠지?

"……일전?"

리아가 나를 쳐다봤다.

큰일 났다! 불길한 예감이 마구 들어!

"양배추가 예상 이상으로 날뛰는 바람에, 극단의 마차가 거기 휘말려서 꼼짝도 못 하게 됐잖아~. 그때, 카즈마의 지시로 마차가 폭—."

"아아아아아아아아아아아!!"

이 자식, 하면 안 되는 소리를 했어!

반사적으로 고함을 질러서 더스트의 말을 가리려고 했는데, 설마 들은 건 아니겠지?

"어엇, 뭐야. 왜 갑자기 고함을 지르는 건데?"

"퀘스트하러 가자!! 자, 빨리 출발하자고!!"

"잠깐, 카즈마 씨? 그렇게 서두르지 않아도 퀘스트는 도망 안……"

"도망간다고!! 자! 그럼 출발! 한시라도 빨리 이 자리를 벗어나야 해!!"

"어이, 카즈마……?! 저 자식, 무슨 일 있었나?"

좀 억지스럽기는 하지만, 더스트가 괜한 소리를 더 늘어놓기 전에, 이 자리를 벗어나야겠다!

8

목적지인 동굴에 도착했다.

산의 겉면에 덩그러니 뚫려 있는 그것은 평범한 동굴처럼 보였다.

이곳에 도착하고 눈치챈 건데, 거액의 보수에 정신이 팔려서 퀘스트의 내용을 제대로 살피지 않았다. 채취 임무였던가……?

동굴 내부를 나아가면서, 다시 의뢰서를 살폈다.

어디 보자, 이걸 캐오라는 거구나.

"아다만타이트라면 무구 제작에 쓰이는 거지?"

"그렇다. 내 갑옷에도 소량이지만 쓰였지. 상당한 강도를 자랑하기 때문에, 가공하는 게 매우 어렵다."

"카즈마는 대장장이 스킬을 지녔으니까, 대장간에 가져가지 않더라도 직접 가공할 수 있을지도 몰라."

만약 그게 가능하다면, 길드에 넘겨주지 않고 직접 가공해서 파는 것도 괜찮겠는걸.

본격적으로 대장장이 스킬을 갈고닦으면, 더 편하게 돈을 벌 수 있을지도 모른다.

지금은 일본의 지식을 활용한 아이템 제작을 바닐에게 맡기고 있지만, 간단한 도구 같은 거라면 나도 만들 수 있지 않을까?

"저기, 그런 건 됐으니까…… 잠깐 쉬지 않을래?"

"무슨 소리야. 방금 쉬었잖아."

"그런 소리 말고~. 저기, 부탁이야~."

"귀여운 척 해봤자 안 되는 건 안 돼."

에리카가 어리광부리는 목소리로 애원했지만, 나는 딱 잘라 거부했다.

"귀여워? 방금, 나를 귀엽다고 한 거야?! 정말, 솔직한 애라니깐!! 좋아, 나도 더 힘낼게. 그러니까 한 번 더 말해줄래?"

쉬운 여자애는 다루기 쉽지만, 얘는 성가시네…….

"귀엽다는 말을 듣고 기뻐하다니, 난센스군요. 귀여움보다, 멋짐이 더 중요해요!!"

메구밍이 에리카에게 그렇게 따졌다.

아무래도 이 두 사람은 성격적으로 맞지 않는 것 같았다. 하긴, 취향이 정반대니까 말이다.

"그렇지 않아. 귀여움이 중요해! 귀여움, 귀여움, 귀여움,

귀여움, 귀여움, 귀여움, 귀여움!!"

"멋짐, 멋짐, 멋짐, 멋짐, 멋짐, 멋짐, 멋짐!!"

……애들 말싸움도, 이렇게 수준 낮지는 않을 것이다.

"으음, 저기……."

"두 사람 다 진정해. 던전에는 함정도 있을 테니까, 더 신중하게—."

시에로와 리아가 말렸지만, 두 사람 다 머리끝까지 피가 치솟은 탓에 말이 안 들리는 것 같았다.

슬슬 진짜로 말려야 할까. 여기가 던전 안이라는 것을 완전히 잊은 것 같다. 더 내버려 뒀다간 몬스터한테 들킬 것이다.

"귀여움, 귀여움, 귀여…… 어머? 뭔가, 밟은 것 같아."

""""꺄아아아아앗!!""""

메구밍과 3인조가 비명을 지르더니, 그녀들의 몸이 단숨에 치솟았다.

"정말~, 최악이야!! 이게 뭐야?!"

"보고도 모르겠어? 함정 같네."

"아아, 밧줄이 피부를 옥죄는 게…… 참 기분 좋아 보이는구나."

함정 그물에 걸린 메구밍과 액셀 하츠의 멤버와 달리, 아쿠아와 다크니스는 느긋한 눈길로 그들을 쳐다보고 있었다.

"다크니스 씨, 차분하게 감상하시지 말고 어서 구해주세요~!!"

시에로 일행이 그물에 얽혀서 요상한 포즈를 취했다.

"그, 그것보다 이 자세…… 치마가 들춰져서……!! 보보보, 보지 마세요, 카즈마! 더 쳐다보면 폭렬마법을 날릴 거예요!!"

"보지 않았으니까 걱정하지 마."

실은 언뜻 보긴 했지만.

멋진 광경이다……. 함정에 걸려줘서 고마워!

"잘 들어, 너희들! 실은 나도 한때는 수많은 함정에 걸렸다니깐. 하지만, 그때마다 성장했어! 그러니 너희도 함정에 걸렸다고 부끄러워할 필요 없거든? 자부심을 가지도록 해!"

우와아, 아쿠아가 이 타이밍에 선배 행세를 시작했다…….

"네에…… 에리카는 함정 발견 스킬을 가지고 있지 않아?"

"아앗?! 오래간만의 퀘스트라 깜빡했네……. 다음부터는 꼭 쓸게."

어이쿠, 죄송합니다. 저도 가지고 있는데, 쓰는 걸 깜빡했습니다. 하지만…….

"어, 어이, 카즈마. 왜 멀뚱멀뚱 서 있는 것이냐. 빨리 구해주는 편이 좋을 것 같다만……."

"카즈마~? 내 말 들려? 어~이, 카즈마 씨~?"

지금 한창 좋을 때니까, 닥치고 있어.

"치마가!! 치마가 들춰졌—."

"저기, 버둥거리지 마. 밧줄이 더 옥죄어든단 말이야……!!"

"으으으으……."

버둥거리면 버둥거릴수록 무시무시한 장면이 연출됐다.

끝내주는 광경이다……. 에리카의 나이스 플레이인걸.

9

그 후로도 소소한 해프닝이 벌어졌지만, 우리는 꽤 순조롭게 나아갔다.

"찾았어요! 이거, 아다만타이트 맞죠?"

시에로가 손에 쥔 광석은 의뢰서에 실린 그림과 똑같았다.

"……틀림없어. 이걸로 규정 숫자에 도달한 거 아냐? 첫 퀘스트, 달성이야!"

"이 파티면, 채취 퀘스트는 식은 죽 먹기네."

"그래. 도중에 나타난 몬스터도 리아 일행이 대부분 처리해줬고…… 고난도 퀘스트도 맡을 만하겠는걸."

액셀 하츠는 예상 이상으로 도움이 됐다.

무희 3인조가 화제성을 얻으려고 모험가 행세만 하는 게 아닐까, 하고 의심했는데, 그 실력은 확실했다.

"네, 든든해요. 아쉬운 점은 도중에 함정에 걸려서 곤욕을 치렀다는 것뿐이려나요……."

"아하하…… 그때는 좀 방심했거든. 그래도, 우리 실력은 이제 파악했지?"

"그래. 시험해봐서 미안해. 앞으로도…… 잘 부탁할게."

나는 리아가 내민 손을 힘차게 움켜잡았다.

"앞으로도 퀘스트를 함께 맡는다는 계약이 성립됐네. 여신 아쿠아가, 그 계약의 증인이 되겠어!"

"여신?"

리아는 미심쩍은 표정으로 우리 쪽을 쳐다봤다.

또 괜한 소리를 하기는……. 이야기가 잘 마무리될 것 같으니까, 좀 잠자코 있어.

"신경 쓰지 마. 얘는 때때로 정신 나간 발언을 하거든."

다크니스와 메구밍이 동시에 고개를 끄덕였다.

"그건 그렇고…… 리아는 어디서 창술을 익힌 거지? 실력이 상당하던데, 네가 쓰는 창술은 본 적이 없다."

"아, 으음…… 글쎄. 대충 휘두를 뿐이거든."

"자기류……인 건가? 그렇다면 더 대단한걸. 그렇게 젊은 나이에 말이다."

공격을 명중시키지 못하는 다크니스에게 그런 칭찬을 받는 것도 좀 그렇겠지만, 실제로 그녀의 실력은 상당했다.

"리아의 창술만이 아니라, 에리카의 스피드와 시에로의 회복 마법도 꽤 도움이 됐어요."

"흐흥~, 당연하잖아. 나는 외모만 잘난 애가 아니거든!"

"화, 황송해요……."

한 분야에만 특화된 메구밍이나 다크니스와 다르게, 믿음직한 전력이 되어줬다.

……얘들과 퀘스트를 맡는 편이 성공할 확률이 높지 않을까?

"시에로와 에리카도 잘 부탁해. 계약의 증표 삼아 악수하자!!"

"자, 잠깐만! 시에로는 남자와 몸이 닿으면—."

"싫어어어어어, 다가오지 마아아아아아!!"

내가 손을 내밀며 다가가자, 시에로는 고함을 지르면서 매서운 오른손 스트레이트를 날렸다.

"크어어어어어억?!"

엄청난 충격을 느낀 순간, 나는 벽에 내동댕이쳐졌다.

"미안해. 시에로는 남성 공포증이라서, 남자와 몸이 닿으면 무심코 주먹을 날려."

"무심코 날린 것치고는, 몸의 회전이 실린 멋진 한 방이었는데 말이죠."

메구밍, 고찰하기 전에 나부터 도와달라고.

평범한 애인 줄 알고 방심했어……. 역시 결점을 지닌 문제아인 건가. ……어, 이건……?

"무술을 익힌 것이냐? 인체의 급소를 정확하게 자극하는 게, 맞으면 꽤 기분 좋을 것 같구나."

"으윽, 정말 죄송해요……!"

"아~ 신경 쓰지 마. 치료비와 합의금을 보수에서 뺄 거야. 그것보다, 이걸 봐. 맞고 날아가면서 발견한 건데……."

"예쁜 돌이네……. 보는 각도에 따라 색깔이 달라지는 것 같아! 고급 광석인 거 아냐?"

"이건 설마…… 알렉산드라이트의 원석인가?"

아쿠아가 손에 쥔 광석을 본 다크니스가 그것을 들여다보며 그렇게 말했다.

"귀중한 물건이야?"

"장식품으로서 가치가 크며, 귀족들도 선호하지. 이 정도 크기면 개당 400만 에리스 이상일 거다."

"""사, 400만 에리스?!"""

나는 너무 놀란 나머지 무심코 그렇게 외쳤다. 아쿠아와 에리카도 같은 반응을 보였다.

"카즈마 씨, 이건 퀘스트 중에 발견한 거잖아. 당연히 공평하게 나눌 거지?"

"무슨 소리 하는 거야, 아쿠아. 나는 퀘스트를 달성한 후에 이걸 발견했거든? 그러니 이건 내 거야. 어이, 인마, 놔!"

저항하는 아쿠아한테서 광석을 빼앗은 후, 품에 집어넣었다.

"400만 에리스……! 그것만 있으면, 의상을 만들어서 다시 무대에 설 수도……!"

어이, 아쿠아. 에리카. 그만 눈빛으로 쳐다보며 다가오지 말라고.

"두들겨 맞고 날아간 곳에 보석의 원석이 있다니……. 행운 수치가 높은 카즈마답구나. 순순히 당하기만 하지는 않는 건가."

"……어쩌면 이 근처에 알렉산드라이트의 원석이 더 있을지도 모르겠네요!!"

"그렇게 간단히 찾을 수 있다면, 이미 다른 모험가들이 탈탈 털어갔을 거야."

"그건 그래. 이건 시에로의 공격과 카즈마의 행운이 자아낸 우연의 산물이야."

"으으, 죄송해요……."

시에로는 미안하다는 듯이 몸을 움츠렸다.

원래라면 불평이라도 한마디 해주겠지만, 이 보석을 봐서 관대한 마음으로 용서해주자.

"하하. 신경 쓰지 마, 시에로. 우리는 동료잖아? 아까 말한 치료비와 합의금은 농담이었어."

"여전히 속물 그 자체구나……."

"길드에 돌아가면 퀘스트 보수도 받을 수 있잖아. 오늘은 슬슬 돌아가자."

"저기, 카즈마 씨. 그걸 팔아서 오늘은 좀 사치 좀 부리자~."

이 자식…… 우리가 진 빚이 얼마나 되는지 알고 있긴 한 거냐? 4억 5천만이나 된다고. 냉정하게 생각해보면, 이 광석 정도로는 언 발에 오줌 누기다.

"……잠깐만. 에리카는 어디 간 거야?"

리아의 말을 듣고서야 비로소 눈치챘다. 주위를 둘러봤지만, 리아가 보이지 않았다.

"어? 에리카라면 아까까지 저쪽에 있었는데……."

"설마, 알렉산드라이트를 찾으러 간 건—."

"그오오오오오오오오오오오오!!!"

"꺄아, 괴물이야~! 도와줘어어어어어!!"

지면이 뒤흔드는 나직한 으르렁거림에 이어, 여자애의 새된 비명이 들려왔다.

"방금 목소리…… 에리카예요."

"안쪽에서 들려왔어! 서두르자!"

"하아, 에리카도 정말! 함정에 걸린 걸로 모자라, 문제까지 일으킨 거냐!!"

저건…… 이런 곳에 초보자 킬러가 있는 거냐?!

모퉁이를 돈 후의 탁 트인 장소에서 목격한 건, 다리가 풀려서 주저앉은 에리카였다. 그녀의 발치에는 무기가 떨어져 있었다.

그런 그녀와 대치하고 있는 건, 검은 털로 온몸이 뒤덮이고 날카로운 송곳니 두 개가 입 밖으로 삐죽 튀어나온 몬스터였다.

"다들, 에리카를 구하러 가자!"

10

리아가 마지막 몬스터를 베어 넘기자, 나는 안도의 한숨을 내쉬었다.

"휴우, 어찌어찌 됐네. 에리카, 괜찮아?"

"흥, 도와달라고 한 적 없거든?"

진짜냐, 이 상황에서 사과도 안 하고 허세를 부려? 따끔한 맛을 보여주는 편이 좋으려나?

"이…… 바보!!"

손바닥으로 볼을 때리는 소리가 들린 후, 리아가 에리카에게 따지고 들었다.

"에리카!! 왜 혼자서 먼저 간 거야?!"

"……알렉산드라이트를 손에 넣고 싶었어. 400만 에리스만 있으면, 쇼를 할 수 있잖아."

"그렇다고 위험한 짓을…… 죽으면 어쩔 건데! 부모님을 못 보게 된단 말이야!"

"……."

혼이 난 에리카는 고개를 숙이며 얌전히 있었다.

끼어들어도 될 분위기가 아니었다. 지금은 말없이 상황을 지켜보자.

"저기, 뭔가 심각한 이유가 있는 것 같은데……."

"우리가 끼어들어도 될지 모르겠는걸……."

웬일로 눈치를 발휘한 아쿠아와 다크니스가 소곤거리는 소리를 들은 건지, 시에로가 조용히 입을 열었다.

"……일부러 숨긴 건 아닌데, 에리카는 시설에서 자랐어요. 그래서 부모님을 본 적이 없죠. 그래서『귀여워지면 부모님이 자기를 데리러 올 거다』하고 생각하는 것 같아요. 무희가 된 것도, 부모님이 자기를 발견해줬으면 해서예요……."

오호라……. 그래서「귀엽다」는 말에 그렇게 과잉 반응을 한 건가.

……예상외로 심각한 속사정이다!

"에리카. 리아는 에리카가 소중하니까 화내는 거야."

"……그딴 건, 말 안 해도 알거든?"

혼이 난 에리카는 볼을 부풀리며 고개를 휙 돌렸다.

"이제 어쩔래? 나쁜 짓을 했다고 생각하면『잘못했어』라고 해야지?"

"……잘못했어. 그리고…… 구해줘서, 고마워."

"알았으면 됐어. 하지만, 앞으로도 무모한 짓은 절대 하지 마. 우리는, 셋이서 한 팀인 무희잖아. 앞으로도 다 같이 무대에 서는 거야."

"응, 응……! 미안해, 정말 미안해!! 우에에에에엥!! 미안해, 리아!! 미안해, 시에로오오오!!"

에리카가 리아의 품에 안겨 울었고, 시에로는 그런 그녀의 등을 쓰다듬어줬다.

원만하게 해결된 건가. 이런 시리어스 전개는 영 젬병이니 잘 됐다 싶었다.

이런 상황이 더 이어진다면, 참다못한 나머지 아쿠아에게 개인기를 시켰을 것이다.

"화해한 것 같으니, 셋이서 악수라도 하지 그래. 이렇게 손을 맞잡고—."

나는 상황을 수습할 겸, 세 사람의 손을 잡고 악수를 시키려 했다.

"카즈마! 시에로는 남자와 몸이 닿으면……!!"

"싫어어어어어어!!"

"크허어어어어억?!"

이번에는 경계하고 있었는데 못 피했어……?!

"하아…… 그래서 말린 거야."

"죄, 죄송해요! 나쁜 뜻은 없었어요!!"

"나쁜 뜻이 없었다고…… 무슨 짓이든 해도 되는 건 아니거든?"

11

채취 퀘스트를 마친 우리는 액셀 마을로 돌아왔다.

이번 퀘스트의 보수와 알렉산드라이트의 원석으로 얻은 이익은 우리와 리아 일행이 공평하게 나누기로 했다. 마음 같아선 원석을 독점하고 싶었지만, 앞으로의 일을 고려해 타협하기로 했다.

그 보수로 의상을 새로 맞춘 리아 일행이 액셀 마을의 소극장을 빌려 쇼를 하는 당일—.

"생각보다 사람이 많이 왔네. 다들 리아 일행의 팬일까?"

"각지를 돌고 있지만, 원래는 액셀에서 활동한 것 같으니 말이지. 우리가 존재를 몰랐을 뿐, 팬이 이렇게 있더라도 이상할 건 없다."

아쿠아는 신기하다는 듯이 주위를 둘러봤고, 다크니스는 차분한 척하면서도 호기심을 감추지 못했다.

이런 쇼를 텔레비전에서 본 적은 있지만, 이 세상에 온 후로는 처음 보네……. 솔직히 말해, 나도 꽤 기대됐다.

"아, 시작하는 것 같네요."

생각보다 사람이 많아서 잘 보이지 않지만, 모자를 손으로 누른 메구밍이 껑충껑충 뛰면서 그렇게 말했다.

"다들~! 오늘 이렇게 모여줘서 고마워!!"

"이렇게 많은 분이 모여줘서…… 어버버. 죄송해요, 죄송해요, 정말 죄송해요……."

"그렇게 사과 안 해도 돼. 오래간만의 쇼니까 자기소개를 할까……. 우리는!!"

"""3인조 무희 유닛 『액셀 하츠』예~요!"""

자기소개와 포즈.

아직 약간 어색함과 멋쩍음이 묻어났지만, 그게 매력으로 작용하고 있었다.

그 모습을 본 나는 한순간, 어떤 생각이 머릿속에서 번뜩였다.

"여, 열심히 노래하고 춤출 테니, 여러분도 실~컷 즐겨주세요."

"나한테서 눈을 떼면, 후회할걸? 내 귀여운 모습을 눈에 새겨!!"

"그럼, 첫 곡……."

이 세 사람의 춤과 노래는 별 볼 일 없을 거라고, 얕봤지만—.

"저 애들, 꽤 하잖아!"

"관객을 열광시키는군요. 제 폭렬마법만큼은 아니지만요."

"그래……. 격식을 중시하는 궁정 무용과는 다른, 생명력이 넘쳐흐르는 노래와 춤이구나. 이런 음악도 좋은걸."

이 세상에서는 흔치 않은 경쾌한 사운드……. 마치 일본의 아이돌 같은…… 뭐, 아이돌?!

……아직 어설픈 면이 있지만, 나무랄 데 없는 외모를 지닌 3인조가 노래와 춤을 선보이고 있다.

각각이 개성을 지녔으며, 캐릭터성도 갖췄다…….

이거, 해볼 만한 거 아냐?

"카즈마, 왜 표정이 굳은 거지? 혹시 빚 걱정을 하는 것이냐?"

"아냐……. 쟤들은…… 아이돌이야! 그리고, 돈이 열리는 나무라고! 노래와 댄스도, 갈고닦으면 더욱 빛날 거야. 찬란히 빛나는 아이돌로 성장하면, 분명 돈도……!!"

"아이돌…… 그게 뭐죠?"

"열광적인 팬을 지녔고, 멋진 퍼포먼스를 선보이는 사람을 말해."

아이돌을 의미를 몰라 의아해하는 메구밍에게, 아쿠아가 우쭐대는 표정으로 설명해줬다. 역시 이 세상에는 아이돌이 없는 거구나!

……성가시지만, 목숨의 위기를 동반하는 고액의 퀘스트를 노리는 것보다 안전할 게 틀림없다!

다른 방법은 생각나지 않았다. 해야 할까…… 아니, 그게 아니다. 할 수밖에 없다!

"결심했어! 나, 저 세 사람을 프로듀스할래!! 더 큰 무대에서 쇼를 하고, 굿즈도 만들어서, 아이돌 사업으로 빚을 갚고 말겠어어어어어어!!"

잘만 하면 대성공을 해서, 떼돈을 벌 수 있을 거라고……!

제2장

1

나는 대장간 주인에게 부탁해서, 가게 한편을 이용해 어떤 것을 만들었다—.

"좋아~. 됐어."

손에 쥔 막대 형태의 물건에 달린 버튼을 누르자, 끝부분이 푸르게 빛났다.

"갑자기 공방을 빌려달라고 해서, 자기 검이라도 새로 만들려는 건가 했더니…… 그 빛나는 막대는 어디 쓰는 거냐?"

열심히 작업을 하고 있을 때, 등 뒤에서 대장간 주인이 나를 쳐다봤다. 그 눈에 깃든 것은 호기심…… 아니, 의심의 빛에 가까웠다.

이 세계에는 존재하지 않는 물건을 만들고 있으니, 그럴만도 한가.

"이건 『형광봉』이라고 하는 건데, 내가 태어난 나라에서는 좋아하는 사람을 응원할 때 이걸 빛나게 해서 흔들어."

"그런 걸 원하는 녀석이 있는 거냐?"

그런 의문을 품는 게 당연했다.

"아저씨는 생각이 짧네. 좋아하는 사람의 눈길이 조금이라도 더 자기를 향해준다면…… 사람들은 기쁜 마음으로 돈을 내놓는다고. 그 외에도 좋아하는 사람의 이름이 들어 있는 수건이나 겉옷 같은 것도 꽤 인기가 있거든?"

"잘은 모르겠다만, 아쿠시즈 교도가 파는 비누나 냄비처럼 취향을 타는 물건인 거군."

"아니……라고는 말 못 하겠네. 그래도 한 묶음으로 취급당하고 싶진 않아."

아쿠시즈 교도와 동일 취급당하는 건 딱 질색이다.

"카즈마, 카즈마~. 부탁한 종이 다발, 가지고 왔어."

방금 언급된 민폐 교도의 우두머리가 나타났다. 내가 말한 것을 가져온 것 같네.

"오오! 그럼 그 종이 다발에 『악수권』이라는 글자와 공식이라는 걸 나타내는 도장, 그리고 뒷면에 주의사항을 인쇄해줘."

"악수권이라면…… 일본에서 아이돌 CD를 사면 받는 그거지?"

역시 전직 일본 담당 여신답게, 어떤 것인지 알고 있는 것 같다.

"그래! 나는 지금 쇼에 필요한 기자재와, 리아쪽 팬에게 팔아치울 아이돌 굿즈의 시제품을 만들고 있어!!"

원래 있던 세상에서는 수많은 아이돌이 치열한 경쟁을 벌였지만, 여기는 무희가 소극장에서 소수의 손님을 모아놓고 춤추는 정도다.

아이돌의 노하우를 접목하면, 그 애들의 인기를 급상승해서…… 떼돈을 버는 것도 꿈이 아니야!

"잘 모르겠다만…… 카즈마 자식, 평소보다 더 표정이 음흉한걸."

"빚 탓에 완전히 돈에 눈이 먼 거야. 하지만 나는 알아. 보통 이럴 때마다—."

"거기! 들으란 듯이 험담하지 말아주시겠사옵니까! 어이쿠, 너희를 신경 쓰는 시간도 아까워. 정말 프로듀서는 정신없이 바쁘네……!"

원래라면 이런 귀찮은 작업을 사양하고 싶지만, 돈줄이 된다면 이야기가 달라진다. 유명한 모 프로듀서도 이런 심정으로 일을 했던 걸지도 모르겠네.

"이제 수건과 겉옷 등 굿즈도 준비하고……. 얼추 제품이 갖춰지면, 무희 애들 의견도 들어보도록 할까!"

2

완성된 상품을 안아 들고, 액셀 하츠의 세 사람이 함께 사는 집을 찾았다.

로비로 안내된 나는 그곳에 있는 책상 위에 시제품을 펼쳤다.

"—그런 고로! 너희들 굿즈의 시제품을 만들어봤어. 어때?"

"아니, 어떠냐니…… 애초에 이 『굿즈』라는 건 어디에 쓰는 건데?"

에리카는 신기한 물건을 보는 듯한 눈길로 쳐다봤고, 시에로는 머뭇거리며 손가락으로 톡톡 눌러봤다.

첫인상 자체는 최악인 것 같지만, 이세계의 주민에게 있어 이것은 미지의 물건이다. 이런 반응을 보일 거라는 건 예상했다.

"너희를 응원하거나, 가깝게 느끼기 위한 것들이야. 용도는 사람마다 달라."

"으음……. 사람들이 이런 걸 가지고 싶어 할까요?"

"물론이지. 왜냐하면, 팬은 너희를 좋아하거든. 좋아하는 사람의 귀여운 미소가 담긴 사진이 생긴다면, 방에 붙여놓고 감상하고 싶을 거야. 그럼 심리라면 이해가 되지 않아?"

"귀, 귀여워……? 정말, 카즈마는 솔직하다니깐. 확실히 귀여운 나의 굿즈라면, 팬도 가지고 싶어 할 거야."

귀엽다는 말만 해주면 바로 넘어오는 에리카를 보고 불안을 느꼈지만, 덕분에 이야기가 뜻대로 풀렸다.

"응, 틀림없어! 굿즈는 귀여운 너희를 이 세상에 알리는 데도 써먹을 수 있거든. 미래는 거기서부터 시작되는 거야…… 그러니까, 그런 앞날에 관해 이야기를 좀 나눴으면 해."

"정말, 어쩔 수 없네. 맛있는 차를 끓여올 테니까, 이야기를 실컷 나누자."

"어? 그러고 보니 리아의 모습이 안 보이잖아."

시제품 설명에 열중하느라 눈치 못 챘는데, 한 명 부족한걸.

"리아라면, 방에서 자고 있을 거예요……."

"이건 세 사람의 미래를 좌우하는 중요한 이야기야. 빨리 깨워서 데려와!"

다 같이 리아의 방 앞으로 이동한 후, 시에로가 약간 세게 문을 두드렸다.

잠시 기다렸지만, 반응이…… 없었다.

그뿐만 아니라 아무런 소리도 들리지 않았다.

"어이, 그냥 방에 들어가서 직접 깨우는 편이 낫지 않아?"

"아, 안 돼요. 리아의 방은—."

하긴, 당연히 말리겠지. 하지만 잠들어 있는 여자애의 방. 그 유혹을 참을 수 있는 남자가 세상에 있을까! 아니, 없어!

"하하하, 이 부끄럼쟁이! 실례합니다아~. 이 카즈마 씨가 아침 인사를 하러…… 으아아아아아아악?!"

"그래서 시에로가 말린 건데……."

에리카가 어처구니없다는 목소리를 냈지만, 전혀 귀에 들어오지 않았다. 나는 눈앞의 광경에서 눈을 뗄 수가 없었다.

빈 병과 과자 봉지가 곳곳에서 굴러다니고 있었다……. 저 그릇에 담긴 수프, 응고된 채 썩어가고 있어……! 이 더러운 방은 대체 뭐야?!

"으, 으음…… 어라? 시에로? 에리카?"

막 자다 일어나서 옷차림이 흐트러진 모습은 요염해 보여야 할 텐데, 주위의 광경이 너무 심각한 탓에 전혀 신경 쓰이지 않았다.

"안녕, 리아. 카즈마 씨가 할 이야기가 있다며 찾아왔는데……."

"카즈마도 왔구나. 좋은 아침……. 서 있지 말고, 편하게 앉아."

앉을 곳은 고사하고 발을 둘 곳도 없는데요! 이 자식, 멀쩡해 보이더니 실은 정리 안 하는 여자였던 거냐…….

"아아~, 속옷도 벗어서 아무렇게나……."

시에로가 들어 보인 것은 팬티인가! 호오, 얌전한 성격에 비해 꽤나…….

"어엇?! 저기, 속옷을 보여주는 건 부끄러운데……."

"이 나태함을 부끄러워하라고!! 뭐, 좋아. 그것보다 오늘은 중요한 이야기가 있어서 찾아왔는데—."

"리아, 먹다 만 과자에 개미 씨가 꼬였어요! 좀 치워요!!"

"괜찮아. 개미도 먹어야 할 거 아냐."

내 이야기를 방해하듯, 시에로가 설교를 했다.

들어 보인 과자 봉지의 표면에는 개미가 몇 마리나 꼬여 있었다.

"오, 오늘은 중요한—."

“정말, 이 음료도 썩었잖아! 요즘 집에서 악취가 난다고 했더니……. 지금 바로 버리고 와!”

“너, 너무 화내는 거 아냐? 걱정하지 마. 다음 쉬는 날에 꼭 청소를―.”

“이야기를 이어가지 못하겠네! 지금 바로 청소해!! 나도 도와줄게!!”

3

―몇 시간 후. 어찌어찌 사람이 제대로 살 수 있는 방이 완성됐다. 무시무시한 양의 쓰레기가 나오긴 했지만…….

“방을 항상 깨끗하게 해두라는 건 아니지만, 하다못해 남을 들여도 될 정도의 청결함을 유지해줘…….”

일본에서 은둔형 외톨이로 살았던 내 방이 몇 배는 깨끗했다.

이 정도로 심각한 상황은 아니었다고.

“이렇게 깨끗하게 청소하다니, 대단해요! 정기적으로 이 방에 놀러와 주세요!”

시에로가 그렇게 말하며 감사했지만, 애초의 목적에서 완전히 벗어나고 말았는걸.

“잠깐, 나는 청소를 해주러 온 게 아냐. 너희가 인기를 끌게 해주려고―.”

"정말, 내숭이나 떠는 심술쟁이인가 했는데 말이야. 좀 다시 봤어."

"다시 보기 이전에, 그렇게 여겨졌다는 것 자체가 충격이네요. 뭐, 다시 봤다니 다행이야. 그럼 이야기를 계속할게. 오늘 찾아온 건 너희를 프로듀—."

"어라…… 내 봉제 인형이 안 보이네?! 콘지로를 어디 넣어둔 거야?!"

옷장과 장롱을 열어젖힌 리아는 방금 그 안에 넣어둔 옷가지를 다시 침대 위에 내던졌다.

진짜, 이야기를 못 나누겠네!!

"모처럼 정리했는데 뭐 하는 거야!! 봉제 인형이라면 손으로 빤 후에 밖에 널어—. 사람 말 좀 들어어어어어! 나는 가정부가 아냐! 너희의 프로듀서가 되려고 찾아온 거라고!!"

"""프로듀서?"""

세 사람은 동시에 나를 돌아보더니, 고개를 갸웃거렸다.

이럴 때는 호흡이 척척 맞네.

"그래! 나는 너희를…… 이 세상에서 제일가는 무희 유닛으로 만들어주겠어!!"

『프로듀서』라는 낯선 단어를 들은 리아 일행이 마른침을 삼키며 지켜보는 가운데, 나는 천천히 입을 열었다—.

"우선, 시에로는 다른 두 사람보다 춤이 더 절도 있었어. 혹시 춤을 전문적으로 배웠던 거야?"

"아뇨, 딱히 그렇진 않은데요……. 그래도 무술을 배우면서 발놀림 같은 게 단련된 걸지도 몰라요."

동굴에서 싸울 때도 안정적인 전투력을 선보였다. 몸이 잘 단련된 것 같았다.

"저기, 시에로만 칭찬하는 거야? 나도 춤이라면 자신 있거든?"

에리카가 깨끗해진 방 안에서 몸을 한 바퀴 회전시킨 후, 포즈를 취했다.

이렇게 다시 보면서 느낀 건데, 그녀가 아이돌에 가장 적성이 있어 보였다.

"에리카는 관객의 분위기를 띄우는 게 능숙했어. 보고 있기만 해도 자연스럽게 응원하고 싶어지더라니깐."

"흐흥~. 그리고 귀여움도 넘버원이거든?"

그리고 곤란할 때는「귀엽다」말해주기만 하면 되니, 다루기도 쉽다.

솔직히 말해 귀엽긴 하지만, 아쿠아, 메구밍, 다크니스의 외모에 익숙한 내 눈에는 넘버원 같아 보이지는 않았다.

……우리 파티의 여자애들은 외모 하나만은 괜찮거든. 외모만은 말이지.

"리아는 노래에 매력이 있던걸. 곡도 직접 쓴 거야?"

쇼를 보면서 느낀 건데, 노래가 가장 뛰어난 사람은 리아였다.

일본의 아이돌을 방불케 하는 곡을 쓴 사람이 만약 그녀라면, 상당한 재능을 지녔을 것이다.

"응. 콧노래든 연주든 간에, 멜로디를 입력하기만 하면 자동으로 편곡해주는 마도구가 있거든."

"흐음~, 편리하네!"

"우리는 마도 피아노라고 불러. 저기 있는 저거야. 다양한 소리를 내는 멋진 녀석이라니깐."

에리카가 가리킨 방향을 보니, 흰색 건반과 검은색 건반으로 구성된 전자 악기가 책상 위에 놓여 있었다. 키보드를 쏙 빼닮은 마도구다.

"저희는 쓸 수 없으니까, 항상 리아한테 부탁해요. 저희도 쓸 수 있다면 좋겠지만요……."

키보드…… 아니, 신시사이저인가? 원래 이 세상에 있던 마도구는 아닌 것 같다. 다음에 제작 과정을 보여 달라고 해야겠다.

"너희는 노래도, 춤도, 외모도 상당한 수준이야. 하지만, 지금 이대로 만족하는 거야? 더 높은 수준에 도달하고 싶지 않아?"

"당연히 그러고 싶어! 나는 내 귀여움을 온 세상에 널리 알려야만 한단 말이야!"

"……무대에 더 서고 싶어. 다양한 노래를, 셋이 함께 부르고 싶거든."

"저, 저도 마찬가지예요! 언젠가 남성 공포증을 극복해서, 멋진 여자애가 되기 위해서……!"

세 사람 다 목표는 다른 것 같지만, 무희로서 대성하고 싶다는 소원은 똑같은 것 같았다.

그 점을 자극하면, 어찌어찌 될지도 모른다.

"……그렇구나. 하지만, 솔직히 말하겠어. 너희의 힘만으로는 지금 이상의 인기를 얻는 건 불가능해."

"뭐……?"

"아……."

"멋대로 넘겨 짚지 마!! 우리는 지금도 성장하고 있거든?! 더 잘할 수 있어!"

리아는 깜짝 놀란 목소리를 냈고, 시에로는 입을 다물었으며, 에리카는 분노했다. 이 모습만 봐도 세 사람의 개성을 한눈에 알 수 있었다.

상대의 마음을 흔들렸으니, 잔혹한 현실을 알려주도록 할까.

"설령 이 세상에서 가장 춤을 잘 추게 되더라도, 이 세상에서 가장 많은 손님을 끌어 모으는 무희가 되지는 않아!! 그건 별개의 능력이거든. 재능이 있는데도 묻혀버리는 녀석은 산더미처럼 있어."

"……꽤 잘 아나 보네. 마치 본 적이 있다는 듯한 말투야."

봤다고. ……텔레비전 너머지만 말이지.

"이쯤에서 내 비밀을 하나 알려주겠어. 이제까지 말 안 했는데, 사실 나는 무희의 문화가 번성한 나라에서 왔어."

"네?! 그, 그런가요?!"

실은 무희가 아니라 아이돌이 번성한 나라지만, 그래도 거짓말은 아니……겠지?

"나는 그 나라에서, 처절한 경쟁을 펼치는 무희들의 무대를 실컷 봤어. 그 경험에 비추어서 한 마디 하자면—."

이 타이밍에 말을 끊으며 뜸을 들였다. 전원이 주목하고 있다는 것을 확인한 후, 천천히 입을 열었다.

"정점에 올라서기 위해선, 프로듀서의 힘이 필요해! 귀엽기만 하면 성공할 거란 생각은 착각이라고!"

"뭐? 나를 귀엽다고 말한 거야? 하으~, 어쩌지?! 또 한 명의 남자가 나한테 빠진 얼간이가 되고 말았어. 나는 참 죄 많은 여자야……!"

에리카가 볼에 손을 대며 허리를 비틀어댔다. 또 평소처럼 폭주하고 있다.

"……귀여운 에리카, 입 좀 다물어줄래?"

"네~! 귀여운 에리카, 입 다물게요~!!"

……사람 말을 잘 들으니까 다루기 편하지만, 매번 같은 패턴을 써먹다 보니 얘를 상대하는 것 자체가 귀찮아지기 시작했다.

"이야기를 계속할게……. 잘 들어. 너희한테는 분명 재능이 있어. 하지만 아직은 원석에 불과해. 너희에겐 원석을 갈고 닦아 보석으로 만들어줄 존재……. 즉, 프로듀서가 꼭 필요한 거야!!"

……란 말을, 오디션 방송에서 했었다. 그 대사를 그대로 써먹었지만, 이 세상의 주민은 눈치챌 리가 없다.

"저, 저기. 아까도 몇 번이나 들었는데……『프로듀서』라는 게, 대체 뭔가요?"

"무희의 재능을 꿰뚫어 보고 갈고닦아서…… 완성된 무희의 매력을 팬에게 전하는 다리 역할을 하는 인물. 그게 프로듀서야!"

세 사람 다 이해가 안 되는지, 미간을 찌푸리며 내 얼굴을 응시하고 있었다. 이런 상황에서 움츠러들며 태도를 바꾸는 건 이류나 할 짓이다. 항상 당당하고 힘찬 어조로 단언해야만 한다!

"무희 문화가 번성한 나라에서 수련한 바로 나, 사토 카즈마가 너희의 프로듀서가 되어주겠어!!"

음악 방송을 보기만 했지, 해본 적은 없지만 말이야!

전부 베낀 거에 남이 한 말 따라 할 뿐이지만 말이야!

"정말?! 카즈마와 귀여운 내가 손을 잡으면 최강일 거야!!"

"자, 잠깐만…… 갑자기 프로듀서가 되어주겠다고 해도 잘 이해가 안 되는데……. 구체적으로 카즈마는 뭘 할 거지?"

좋은 질문이다. 리아가 이 멤버 중에서 가장 똑 부러졌다.

"너희를 홍보할 계획을 세울 거야……. 우선 액셀을 떠나,

여러 마을을 돌며 공연을 하자! 이걸 『투어』라고 해."

"그거라면 이제까지도 해왔는데……."

약간 낙담한 투로 그렇게 말하는 리아를 향해 손을 들었다.

"뭐, 사람 말을 끝까지 들어봐. 앞으로는 그 공연에서 굿즈도 판매하고, 악수회도 실시할 거야!!"

이게 돈벌이가 된다는 건 일본에서 이미 공부했다!

열렬한 팬을 확보하면 얼마든지 돈을 바칠 것이다.

"악수회…… 호, 혹시 팬과 악수를 하는 건가요?!"

"저기, 카즈마. 잊은 건 아니지? 시에로는 남자애와 신체 접촉을 하면—."

"그래서 악수회를 하려는 거야. 악수회로 정신을 단련해, 남성 공포증을 극복한다……. 약점에서 눈을 돌려선 대성할 수 없거든! 게다가 투어는 에리카와 리아를 위한 것이기도 해."

"우리를 위한……?"

리아는 아직 미심쩍은 눈치였지만, 내 말에 열심히 귀를 기울이고 있었다.

조금만 더 밀면, 단숨에 넘어갈 것이다.

"마왕성에서 가장 먼 마을을 중심으로 활동해봤자, 지명도의 한계는 뻔하잖아? 세상에 나가서, 눈부신 실적을 쌓는 거야! 실적이 있으면, 인기를 얻을 수 있어. 인기를 얻으면, 공연 의뢰가 끊이지 않아. 리아는 무희로서 무대에 계속 서고 싶은 거지?"

"으, 응……."

"게다가 다양한 장소에서 공연하며 지명도를 올리면, 에리카가 부모님을 만날 확률도 확 상승할 거라고!"

"카즈마……."

"카즈마 씨는 저희를 위해……?"

에리카와 시에로는 감격한 것처럼 눈가가 촉촉해졌다.

좋아~. 아무래도 잘 유도한 것 같네.

"잠깐만…… 이해가 안 돼. 어째서 만난 지 며칠밖에 안 된 우리에게, 이렇게 잘해주는 거야?"

좋은 분위기 속에서 설득이 끝나려던 순간, 리아가 찬물을 끼얹었다.

역시, 세 사람 중에서 가장 성가신 건 그녀인가. 하지만 온갖 상황을 말솜씨만으로 헤쳐온 이 카즈마 님의 실력은 이제부터 본격적으로 보여줄 것이다.

"아까 말했지? 너희는 원석이야. 나는 그런 너희에게 걸어보고 싶어진 거지. 그래서 이제부터 온힘을 다해 너희를 지원할 생각이야. 너희를 위해서라면 내 전 재산을 털어도 상관 없어!"

나는 열변을 쏟아냈다. 너무 과장된 걸지도 모르지만, 이런 상황에서는 이 정도는 해야 설득력이 있다.

"그 정도의 각오로……."

"그럼 다시 묻겠어. 나에게, 너희의 프로듀스를 맡겨주지 않겠어?"

세 사람은 서로를 쳐다보며 고개를 끄덕이더니, 동시에 나를 응시했다.

"물론이야! 귀여운 나를, 온 세상 사람에게 보여주겠어!"

"카즈마 씨의 기대에 부응할 수 있도록, 저도 최선을 다하겠어요!!"

"……나도 이 두 사람과 같은 생각이야. 카즈마, 잘 부탁해."

작전 성공! 양심이 좀 찔리긴 하지만, 얘들한테도 어엿한 메리트가 있으니 됐다.

서로에게 WIN-WIN인 관계인 건 틀림없다. 아이돌 비즈니스를 성공시켜서 빚을 청산하자고~!!

세 사람에게 보이지 않도록, 나는 주먹을 꼭 말아 쥐었다.

"리아, 시에로, 에리카! 우리는 이제 한배를 탄 몸, 운명공동체야! 내가 너희를 무희 업계의 정점으로 이끌어주겠어!!"

나는 자신만만한 미소를 지으며 힘차게 고개를 끄덕였다.

"어험…… 그리고 아까도 말했다시피, 무희를 인도하는 자를 프로듀서라고 불러. 앞으로 나를 그렇게 부르도록 해."

"알았어, 프로듀서!!"

"우리의 프로듀서인가……. 앞으로 잘 부탁해."

"저, 저도 힘낼게요. 지켜봐 주세요, 프로듀서 씨."

왠지, 좋네. 아이돌 육성 게임에 빠진 녀석들의 심정을, 이제 이해할 수 있을 것 같다.

"어, 왠지 기뻐 보이네?"

"아, 별일 아니니까 신경 쓰지 마세요. 그럼…… 액셀 하츠 여러분! 앞으로 함께 힘내자고. 팍팍 단련시켜줄 테니 각오 단단히 해."

""""네!!""""

4

액셀에서의 공연을 무난히 마친 후, 나와 함께 투어를 떠난 액셀 하츠는 홍마의 마을을 찾았다—.

"홍마의 마을 여러분, 만나서 반가워!"

""""천 년에 한 번 나올까 말까 한 무희 유닛! 액셀 하츠!!""""

우선 분위기를 띄우는 게 능숙한 에리카가 활기차게 인사를 한 후, 셋이서 한목소리로 외치며 포즈를 취한다. 그 완성도는 나쁘지 않다고 생각하지만…….

"자, 스톱. 일단 리허설을 멈추자~."

실외 무대를 설치한 광장에서 한창 리허설 중인 가운데…….

"여기까지 보고…… 어떻게 생각해? 홍마족 관객 대표, 아루에 양부터 한마디 해줘."

신기하다는 듯이 쳐다보고 있던 그녀들에게 말을 건네봤다.

"……하마터면 큰일 날 뻔했는걸. 이게 리허설이라 천만다행이라고 생각해."

……왜 아루에는 매번 의미심장한 소리를 늘어놓으려고 하는 걸까.

이 수상한 마을에서 수상쩍은 소설을 쓰는, 왼쪽 눈에 안대를 한 소녀. 그것만으로도 범상치 않다는 건 알 수 있지만 말이다.

"저 세 사람의 노래가 가슴에 와닿기는 해요. 하지만 뭔가가 부족해요……. 폭렬 성분적인 무언가가요."

아루에에 이어 메구밍도 의견을 내놨지만, 그건 참고 안 해도 되겠지.

폭렬 성분적인 무언가라는 건 대체 뭐냐고.

"……너는 홍마의 마을까지 와서도 하는 소리가 똑같구나. 융융과 코멧코는 어때?"

구경꾼 3과 4한테도 일단 물어봤다.

두 사람 중 한 사람은 홍마의 마을에 간다고 말했더니, 어찌 된 건지 따라온 융융이다. 그녀는 이 마을에 사는 이들 중에서 가장 멀쩡한 감성을 지녔다.

"저, 저는 귀엽고 멋지다고 생각하는데요……."

"미묘해~."

단언한 이는 아직 어린 소녀인 코멧코다.

"어이쿠, 어린아이 특유의 신랄한 코멘트군요."

어쩌면 어린아이라서 가감 없이 말할 수 있는 걸까. 이 애는 메구밍의 여동생이지만 언니보다 타산적이랄까, 똑 부러지는 인상을 지녔다.

결국, 솔직하게 칭찬해준 이는 융융 뿐인가.

"액셀 마을에서는 손님들도 기뻐해 줬는데, 이렇게 평가가 다르다니—."

이 반응이 뜻밖인 건지, 리아는 노골적으로 침울해졌다.

"공연 장소와 손님층에 맞춰 연출을 바꿔야 한다는 거겠지. 오히려 지금 눈치채서 다행이야. 아루에와 코멧코에게 리허설 견학을 부탁한 것도, 두 사람의 감상을 듣고 대책을 세우기 위해서거든."

"대책……. 그럼 솔직하게 말해주겠어. 너희에게는 치명적으로 부족한 게 하나 있어."

아루에의 손짓과 몸짓은 매우 과장됐다. 자기가 연출가라고 착각하고 있는 것 같았다.

말릴까도 생각했지만, 참고가 될 말을 들을 수 있을지도 모르니, 입 다물고 있을까.

"으음…… 자신감인가요?"

머뭇머뭇 손을 든 시에로가 의견을 말했다.

"확실히 자신감이 부족하긴 하지만, 그것보다 더 치명적인 게 있어."

"자기소개 코멘트를 더 신경 쓰는 편이 좋다던가?"

리아다운 우등생 답변이었다.

"틀리지는 않지만, 맞지도 않아. 그래도 핵심에 좀 다가섰네."

그냥 확 말해주면 될 텐데, 왜 이렇게 질질 끄는 것일까.

……이 애, 혹시 이 시추에이션에 취한 것 아닐까?

"알겠다! 유닛 안에서 가장 귀여운 내가, 중심적인 존재를 맡아야 한다…… 그런 말인 거지?"

"아니, 틀렸어."

그건 딱 잘라 말하는 거냐.

"다들 뭘 모르는군요. 제가 가르쳐주죠. 세 사람에게 부족한 것, 그것은 바로…… 멋짐이에요!!"

메구밍의 발언을 들은 홍마족들이 힘차게 고개를 끄덕이며 동의했다.

"무슨 소리야. 우리는 무희거든?! 귀여움을 추구하면 추구했지, 멋짐이라니……!"

"훗……. 그럼 내 대답이 진실이라는 사실을, 지금부터 증명해주겠어요. 두 눈 크게 뜨고 잘 보세요! 이게 바로! 청중의 마음을 꿰뚫는 자기소개예요!"

메구밍이 고함을 지르는 타이밍에 맞춘 건지, 아루에, 코멧코, 융융이 모여들었다.

미리 포지션을 짜뒀던 걸까? 하고 묻고 싶어질 만큼, 전원이 매끄럽게 줄지어 섰다.

"내 이름은 메구밍! 아크 위저드를 생업으로 삼고 있으며, 폭렬마법을 부리는 자!!"

"내 이름은 아루에! 홍마족 제일의 발육을 자랑하며, 작가를 꿈꾸는 자!!"

"내 이름은 코멧코! 홍마족 제일의 마성의 여동생! 마왕군 간부보다 강한 자!!"

"내, 내, 내 이름은…… 으음……."

자기소개가 술술 입에서 나온 세 사람과 달리, 융융은 우물쭈물하였다.

"뭘 부끄러워하는 거예요, 융융! 그러고도 족장의 딸인가요! 리허설대로 해주세요!"

리허설……. 역시, 미리 연습했던 거냐.

"융융만 못 해. 외톨이?"

정말, 코멧코. 남의 정곡을 찌르면 안 되잖아.

"외, 외톨이 아냐! 그저, 저기……."

"이 자기소개를 해내면, 분명 친구가 생길걸……?"

코멧코의 말을 들은 융융이 화들짝 놀랐다.

에리카에게는 귀엽다, 융융에게는 친구. 이 말만 해주면 뜻대로 조종할 수 있지.

"치, 친구가……?!"

그거 봐, 바로 덥석 물잖아.

"내 이름은 융융! 홍마족 제일의 마법사이자, 이윽고 이 마을의 족장이 될 자!!"

포즈를 취하는 것과 동시에 등 뒤에서 번개가 치며 폭발한 건, 융융과 아루에의 마법인가.

"확실히 우리의 자기소개보다 임팩트가……. 이걸 참고해서, 홍마족에게도 먹히는 자기소개를 생각해야겠네요."

시에로는 성실한걸~. 하지만, 이 마을에서는 이 녀석들의 말도 일리가 있다. 그것도 그럴 것이, 여기 주민들은 하나같이 감성이 비정상적이니 말이다.

홍마족의 말도 안 되는 의견을 순순히 받아들인 액셀 하츠의 세 사람은 자기소개를 개량하기 시작했다. ……일단 지켜보기로 할까.

5

홍마의 마을에서의 쇼도 무사히 성공했고, 굿즈 수익도 짭짤하게 벌었다.

우리 일행은 다음 공연을 하기 위해…… 내키지는 않지만 물과 온천의 도시 아르칸레티아를 찾았다—.

"여기가 아르칸레티아! 꽤 즐거워 보이는 마을이네!!"

에리카는 아무것도 모르는지, 그런 순진한 반응을 보였다.

모르는 게 약이란 말은 이런 때 쓰면 딱 맞을 것이다.

"메구밍이 가기 싫어하는 마을이라 어떤 곳인가 했는데……. 꽤 멋진 곳이잖아."

리아가 마을을 둘러보며 감탄했다.

아르칸레티아는 맑은 호수와 온천으로 유명하며, 마을 곳곳에 수로가 존재한다.

푸른색을 베이스로 한 아름다운 마을은 청결한 느낌이 감돌았으며, 나도 처음 왔을 때는 눈을 떼지 못했다.

풍경은 최고다…… 풍경만큼은. 메구밍의 판단이 옳다. 나도 돈벌이 때문이 아니면 다시는 여기에 올 생각이 없었다. 아니, 이미 약간…… 매우 후회하고 있다.

"아쿠아 씨가 잘 아는 마을이죠? 그럼 같이 오면 좋았을 텐데……."

시에로, 바보 같은 소리 하지 마. 걔가 있으면 성가신 일이 급물살을 탄 것처럼 늘어날 뿐이다. 그래서 일부러 아쿠아를 두고 왔다.

"아쿠아와 메구밍의 몫까지 내가 열심히 하겠다. 공연 중의 경비든, 굿즈 판매 도우미든, 뭐든 말만 해라."

다크니스만은 희희낙락하며 따라왔다. 그 이유는…… 상상도 하기 싫다.

"다크니스…… 믿음직하긴 한데, 일단 에리스교의 부적을 안 보이는 곳에 집어넣으라고."

부질없다는 것을 알면서도, 일단 주의를 줬다.

"싫다!"

"또 애들이 너한테 돌을 던져댈걸?"

"바라는 바다!!"

"마을에 들어온 후로 뭔가를 기대하는 것 같다 싶더니,

역시 그런 거였냐! 잔말 말고 빨리 집어넣어! 굿즈 판매에 방해된다고!!"

"싫다!! 그 누구에게도 넘겨줄 수 없어!!"

다크네스의 손에서 부적을 빼앗으려 하자, 그녀가 괴력으로 저항했다. 돕는 건 고사하고, 우리 발목만 잡고 있잖아!

하아, 정말! 이래서 진짜로 쇼를 할 수 있겠어?!

6

—그런 불안과 달리, 쇼는 무사히 끝났다.

괜히 경계한 탓에 허탈하지만, 아무 일도 없으니 그걸로 됐다 싶었다.

"오늘 이렇게 와주셔서, 정말 감사합니다!"

고개를 숙이는 리아에 이어 다른 두 사람도 고개를 숙이자, 터져나갈 듯한 박수와 환성이 울려 퍼졌다—.

"……조금 아쉽다만, 아르칸레티아에서의 공연도 무사히 끝날 것 같구나."

"그래……. 잠깐만, 왜 아쉬운 건데?"

"더 심한 독설을 듣는 걸 기대…… 걱정했다만, 아무 일도 없어서 다행이구나."

다크니스의 말대로, 이제까지는 큰 문제 없이 무난히 끝났다.

하지만, 끝까지 방심은 금물이다. 그것도 그럴게, 이곳은 바로 아쿠시즈교의 총본산인 아르칸레티아니까 말이다.

"자, 주목~! 에리카의 사진을 악수권 포함으로 팔고 있어~."

"수건과 사진이군요. 제 것도 사주셔서 정말 감사해요……."

"응원해줘서 고마워……. 악수회는 나중에 할 거야. 잠시만 기다려줘."

다크니스는 약간 걱정됐지만, 다른 세 사람은 잘해주고 있는걸.

그 모습을 본 다크니스는 생각을 바꿨는지, 플래카드를 들고 열심히 고함을 지르고 있었다.

"두 줄로 서주십시오! 악수권 포함 상품은 이쪽입니다~!!"

"퉷! 에리스 교도의 말에 따를 것 같아?!"

"아앗……. 성실하게 돕고 있을 뿐인데, 이딴 짓을 당하다니……. 정말 최고야!!"

……조금 불안이 남기는 하지만, 꽤 성황인걸. 공연 전에 굿즈 제작을 마쳐서 정말 다행이다. 바닐의 도움을 받아 제작한다는 선택은 역시 옳았어.

전부 혼자서 만들 생각이었지만, 프로듀스 활동이 상상했던 것보다 바빴던 탓에 중간부터 바닐에게 업무 위탁을 했다.

지출이 늘었지만, 이 정도면 흑자일 것 같다. 역시 악수권이 포함된 상품이 인기여서, 이쪽 상품을 늘리면 매상도 더 늘어날 것이다! 할 수 있어!!

"리아 양의 노래를 듣고 마음이 치유됐어요. 아쿠아 님의 청량함 못지않은 목소리였어요."

오, 딸을 데리고 온 어머니도 있는 건가. 남성층을 메인 타깃으로 삼았지만, 여성에게 인기가 있어서 나쁠 건 없다. 이런 팬은 소중히 여겨야 한다.

"고, 고마워. 좀 부끄럽네……."

"나, 에리카의 팬이 됐어. 빛나는 모습이 참 귀여웠다니깐!"

"어머~. 뭘 좀 아네. 사진 한 장 서비스해줄게!"

어린아이는 에리카의 팬인가. 그녀는 아이들에게 인기가 있는 것 같다. 기억해두자.

"저기저기, 악수권 포함 상품과 그렇지 않은 상품은 뭐가 달라?"

"그게 말이지? 악수권 포함 상품을 사면 나중에 열리는 악수회에 참가할 수 있어."

시에로가 상냥하게 설명해주자, 여자아이는 환한 미소로 답했다.

"악수할 수 있는 거야?! 나도 참가하고 싶어!!"

"안 돼. 악수회에 참가할 시간도, 악수권 포함 상품을 살 여유도 없는걸……."

어머니가 들뜬 아이를 달랬다. 이 대화를 들으니, 내가 잘못한 느낌이 들었다.

아니, 이것도 장사잖아……. 이 모든 건 빚을 청산하기 위한 거야!

"……그, 그냥 이 자리에서 악수 정도는 해줘도—."

에리카는 나보다 더 마음이 흔들린 건지, 손을 내밀려고 했다.

"아냐, 괜찮아. 다들 악수가 하고 싶어서 악수권 포함 상품을 사잖아……. 그걸 못 산 내가 악수를 하는 건 옳지 않아. 하지만, 그 대신…… 에리카. 사인을 해주지 않을래? 색지가 없으니까, 이 종이에 해줬으면 해."

여자아이가 부끄러워하며 종이 한 장을 꺼냈다.

"물론이야. 자, 펜을—."

"속으면 안 돼애애애애!! 그건 아쿠시즈교의 입교서야아아아아!!"

7

"훌쩍, 훌쩍……. 무서웠어~. 까딱 잘못했으면 입교할 뻔했어~."

정말 무서웠던 건지, 뒤돌아 앉은 에리카가 몸을 동그랗게 만 채 부들부들 떨고 있었다.

아쿠시즈 교도는 온갖 수단을 동원해 입교를 강요하기 때문에, 한순간도 방심하면 안 된다.

특히 소녀를 이용한 수법은 나도 하마터면 당할 뻔했던

만큼 주의해야 한다.

"에리카를 혼자 두면 입교해버릴 것 같아. 다크니스에게 보디가드 역할로 같이 다니라고 해야겠네. 하아…… 안 그래도 악수회 관련으로 문제가 남아 있는데 말이야."

"문제?"

어이어이, 리아가 모르면 어떻게 하냐고. 너희는 나보다 더 오랫동안 같이 다녔잖아.

"큰 문제가 남아 있잖아……. 시에로, 악수하자."

"꺄아아아아아아!!"

그래그래. 평소처럼 안면 펀치— 아닛?!

"쿨럭…… 설마 안면은 페인트이고 몸통를 노릴 줄이야. 도저히 피할 수 없었어. ……역시 시에로의 남성 공포증은 낫지 않았나 보네. 장갑이라도 끼면, 악수를 할 수 있을 것 같아?"

머뭇머뭇 내민 시에로의 손은 손가락 다섯 개를 쫙 펴고 있었다.

장갑 다섯 겹인가. 뭐, 뭐어, 그 정도라면야…….

"오, 오십 겹이면 어찌어찌……."

"오십 겹이냐! 장갑이 아니라 글러브냐고……. 이렇게 되면 어쩔 수 없지. 이익이 최우선!! 장갑 오십 겹을 끼고 악수해!! 당일에 무슨 일 있으면 너만 믿겠어, 다크니…… 어라? 얘는 어디 간 거야?"

주위를 둘러보니, 다크니스는 여러 명의 어린아이에게 둘러싸여 있었다.

"에잇, 에잇! 이 에리스 교도 자식!"

"으으, 하, 하지…… 하지 마~."

"……아쿠시즈교 아이들에게 돌팔매질을 당하고 있네. 안 도와줘도 돼?"

에리카가 걱정하는 것 같지만, 내 대답은 정해져 있다.

"내버려 둬."

"뭐?! 어떻게 내버려 둬! 다크니스, 괜찮아?!"

아무것도 모르는 에리카가 다크니스의 곁으로 뛰어갔다.

"문제없다. 여기는 정말 좋은 마을이구나. 하악, 하악……. 한동안 이 마을에서 지내고 싶은걸!"

다크니스가 볼을 붉히며 기쁨의 미소를 머금자, 그 모습을 본 에리카는 완전히 질리고 말았다.

그거 보라고. ……하아, 이렇게 되면 보디가드 역할은 내가 맡을 수밖에 없나.

8

어찌어찌 무사히(?) 아르칸레티아에서의 쇼를 마친 우리는 무희 수행의 집대성으로서, 왕도를 찾았다.

지난번에는 다크니스가 도움이 안 되었기에, 이번에는 다른 사람을 고용하자고 생각한 나는 1년 365일 한가해 보이는 더스트에게 말을 걸었다. 하지만…….

"우웩, 왕도냐. 나는 패스할래. 가능하면 거기는 가고 싶지 않거든."

그렇게 말하며 거절했다. 아쿠아와 메구밍도 바쁜 것 같았기에, 결국 액셀 하츠의 세 사람과 나만으로 어떻게든 해 볼 수밖에 없다.

"역시 왕도답게 성문이 참 크네!"

에리카가 놀라는 것도 무리는 아니다. 액셀이나 이제까지 방문했던 마을과 비교해도 규모가 다르니 말이다.

"국왕님이 사는 도시잖아. 산전수전 다 겪은 강자들이, 마왕군의 습격으로부터 밤낮으로 이 곳을 지키고 있어."

들뜬 에리카에게, 시에로가 이것저것 설명해주고 있다.

"시에로는 잘 아는구나. 전에 와본 적 있어?"

"잘 아는 게 당연해. 시에로는 귀족이거든."

"그래. 귀족이구나……. 뭐, 시에로가 귀족?! 남자와 몸이 맞닿으면 두들겨 패는 애한테 사교계는 무리잖아!"

듣고 보니, 시에로는 귀족의 상징인 금발을 지녔다.

"잠깐, 여자애한테 그런 말은 실례거든?"

"에리카, 괜찮아……. 폭력을 휘두르는 것도 사실인걸. 게다가 사교계도 실제로 무리였어. 나, 집안을 이을 동생이 태어날 때까지는 남자애처럼 자랐거든…… 다른 귀족한테 늘 연약하다는 소리를 들었어."

따돌림인가……. 그 바람에 남성 공포증에 걸린 걸까? 이 애도 고생 많이 했는걸. 하지만 그 펀치력을 보면 다들 입도 뻥긋 못 할 것 같은데 말이야.

일단 충고를 해둘까.

"왕도는 대도시니, 지금까지보다는 남자 손님도 훨씬 많이 올 거야. 폭력을 휘두르지 않도록 이제까지보다 더 조심해. 왕도에서의 공연은 이틀간! 이 이틀 동안은 공연 전후에 굿즈 판매를 할 거야……. 팔고, 팔고, 또 팔자고!!"

"최대한, 노력해볼게요!"

……참 불안한 대답이었다.

9

"""오늘 정말 고마웠습니다! 내일도 잘 부탁드려요!"""

액셀 하츠가 힘차게 고개를 숙이자, 그녀들에게 성원이 쏟아졌다.

"음음, 좋은 공연이었어."

무대 옆에서 지켜보고 있던 나는 아낌없는 박수를 보냈다.

돈을 벌려고 프로듀서를 시작했지만, 요즘 들어서는 그냥 이대로 아이돌 장사를 계속하는 편이 내 적성에 맞는 것 아닐까 하는 생각이 들기 시작했다.

아쿠아 일행의 상대를 하며 마음고생을 하는 것보다, 사람들을 기쁘게 해주는 이 마음 좋은 애들과 함께 다니는 편이 나도 행복하지 않을까?

애초에 이번 빚도 메구밍이 내 말을 안 들은 바람에 지게 된 것이다. 내 탓이 아니라고!

그런 생각을 하는 사이에 쇼도 무사히 끝났고, 극장에서의 악수회가 시작됐다—.

"귀여운 에리카 양! 저만을 위해 자기소개를 해주지 않겠어요?"

"어쩔 수 없네……. 전 세계의 귀여움이 모두 여기에! 1000퍼센트 귀여운, 에리카입니다~!"

에리카는 손님의 부탁에 온 힘을 다해 답했다. 아이돌의 귀감이다.

하지만, 익숙해진다는 건 참 무섭다. 듣고 있는 나도 다 부끄러운 대사인데, 지금은 들어도 아무렇지 않았다.

"리아 양, 오늘 쇼도 최고였어요! 액셀 마을에서 활동할 때부터 응원해봤어요!!"

"정말? 기뻐. 하지만 이렇게 먼 곳까지……. 너무 무리하지는 마."

잘했어, 리아. 그런 식으로 말해주면 팬이 더 빠져들면서, 돈을 더 바칠 거야.

본인은 진심으로 걱정해주는 거겠지만, 난봉꾼 재능을 타고났나 보네.

"시, 시에로 양은 가까이에서 보니 참 조그마하고 귀엽네!!"

"가, 감사해요……. 아하, 아하하하."

"이렇게 두꺼운 장갑을 끼고 있긴 해도, 악수하니 정말 꿈만 같아. 내 눈앞에 시에로 양이—."

시에로의 팬 중에는 이상한 자식이 많은 것 같다. 세 사람 중에서 가장 얌전해 보여서 그런 걸까. 성가신 손님을 끌어모으는 재능이 있는 걸지도 몰라.

"자, 시간이 됐습니다. 감사합니다. 다음 분, 오시죠……. 앗. 거기 당신, 새치기하시면 안 됩니다!"

휴우…… 이 인원을 혼자서 안내하려니 솔직히 힘든걸. 역시 아쿠아 일행한테 도와달라고 부탁했어야 했나……?

"이, 이러지 마세요!"

시에로의 비명이 들려온 순간, 나는 퍼뜩 정신이 들었다.

어이어이, 또 성가신 손님이 꼬인 거냐.

그 민폐 손님은 꽤 비싸 보이는 옷차림에 약간 뚱뚱한 체형의 덩치 큰 남자였다. 거친 콧김을 뿜으며 집요하게 따지고 있는 것 같았다.

"왜야! 이상하잖아! 나는 시에로 양과의 악수권 포함 굿즈를 샀다고! 악수를 할 권리가 있단 말이다! 이렇게 장갑을 끼는 게 아니라, 맨손으로 악수할 거야!!"

이런 소리를 하는 놈이 나올 줄 알았어.

사전에 그걸 예상하고, 대책도 물론 짜뒀다.

“손님, 죄송합니다. 그 점에 대해서는 악수권에 주의사항이 적혀 있습니다만―.”

악수권 구석에 적힌 개미만한 글자를 가리키며 두 사람 사이에 끼어들었지만, 나는 그대로 밀려났다.

이 민폐 손님, 힘이 꽤 좋네!

“시끄러워!! 자, 지금 바로 그 두꺼운 장갑을 벗어!!”

“아, 안 돼……!”

민폐 손님은 억지로 장갑을 벗기더니, 시에로의 맨손을 감싸듯 움켜잡았다.

저 멍청이! 그딴 짓을 했다간……!

“손님, 멋대로 무희를 만지지 말아―.”

“자, 악수.”

“싫어어어~!!”

“크어어어억?!”

한눈에 반할 정도로 강렬한 오른손 스트레이트가, 상대의 안면에 그대로 꽂혔다.

민폐 손님은 지면을 데굴데굴 굴러가더니, 극장 벽에 부딪히고서야 움직임을 멈췄다.

이런, 저질렀어!!

“손니이이이이임?! 어이, 시에로도 진정―.”

“다가오지 마~!!”

“끄아아아아악?!”

정신이 나간 시에로의 주먹이 인정사정없이 내 안면에 꽂혔다.

젠장, 나 혼자서는 어떻게 할 수가 없어! 다크니스와 메구밍을 데려왔어야 했나……!!

"시에로! 지, 진정해!!"

"헉…… 죄송해요, 카즈마 씨! 제가, 무심코……!"

"나보다 손님을 우선해!!"

소중한 돈줄이라고! 이런 악평은 순식간에 퍼져나가니까, 어떻게든 얼버무려야 해.

"저, 저기…… 괜찮아? 시에로도 나쁜 뜻이 있었던 건 아니니까, 괜찮다면 싫어하지는 말아줬으면 좋겠는데……."

쓰러진 민폐 손님에게 뛰어간 에리카가 달콤한 목소리로 애원했다.

에리카, 그건 좀 무리 아닐까—.

"시, 싫어할 리가 없잖아. 이, 이렇게 격렬한 폭력을……. 정말 정열적이야~!!"

두들겨 맞았던 민폐 손님은 화내긴커녕…… 기뻐하고 있어?

혹시, 이 자식도 다크니스처럼 공격받는 걸 즐기는 타입인가?!

"어, 으음…… 어딘가 좀 이상한데……."

"이게, 마조히스트……?"

다크니스의 성적 취향을 몇 번이나 봤던 나는 충격을 덜

받았지만, 시에로와 에리카에게는 너무 자극적이었던 걸까. 가해자 쪽이 오히려 겁을 집어먹었다.

"그럼 다행이다만…… 앗, 저기 봐! 피부 색깔이 점점 변하고 있어……!"

"팬인 나에게, 이런……. 이런 격렬한 폭력을 휘두르다니이이잇……!"

고함을 지른 민폐 손님의 몸이 부풀어 올랐다. 옷을 찢으며 드러난 피부색이 녹색으로 물들더니, 머리에 뿔 하나가 자라났고, 얼굴 또한 흉측하게 변모했다.

"이 자식, 트롤이었어……?! 몬스터가 인간으로 변했던 거구나?"

"트롤이라고 부르지 마라, 나에게는 찰리라는 이름이 있어. 더욱 마음에 들었다아아아! 시에로 양은 내거야아아아아아!!"

민폐 손님 정도가 아니잖아! 몬스터가 팬이 된 거냐?!

"모모모, 몬스터다!!"

"다들 도망쳐어어어엇!!"

갑자기 나타난 트롤을 보고 겁먹은 손님이 도망치자, 악수회장은 패닉에 빠졌다.

찰리는 허둥대는 손님을 보고 우쭐하더니, 무대와 세트를 박살 내기 시작했다.

"젠장, 뭐 하는 거냐고! 모처럼의 공연이 저 자식 때문에 엉망진창이 됐잖아~!"

"시에로 양은 아무한테도 못 준다아아아아아앗!!"

찰리는 시에로를 자기 등 뒤로 숨기더니, 다른 손님을 위협했다.

트롤은 내구력이 회복력이 뛰어난 몬스터다. 웬만한 공격력으로는 대미지를 줄 수 없다. 그렇다…… 웬만한 공격으로는…….

나는 『잠복』 스킬을 쓴 후, 시에로의 등 뒤로 슬그머니 이동했다. 찰리와 시에로는 내 존재를 눈치채지 못했다.

거기서 나는 숨을 크게 들이마신 후 외쳤다.

"어이, 민폐 손님!"

놀란 찰리가 내 쪽을 돌아본 순간, 나는 시에로의 등을 밀었다.

뒤돌아본 찰리의 품으로, 시에로는 뛰어든 것이다.

무슨 착각에 빠진 건지, 찰리는 환하게 웃으며 시에로를 끌어안으려 했다.

"어, 어, 어, 시, 싫어어어어어어어어엇!"

그 결과, 시에로가 절규를 토하며 날린 오른 주먹이 체격 차 탓에 남자의 소중한 부위에…….

"우갸…… 그오, 오, 오, 오……."

찰리는 몸을 웅크리더니, 비명 아닌 비명을 질렀다.

"우왓."

무심코 자기 사타구니를 감싼 내 등을 타고 오한이 흘렀다.

"이건…… 포상…… 크으으윽."

구부정한 자세로 도망치는 트롤을 해치울 절호의 기회지만, 솔직히 공격하는 게 머뭇거려졌다……. 응, 그냥 봐주자.

10

왕도에서의 악수회에서 벌어진 트롤 소동으로부터 며칠 후, 나는 액셀 마을의 술집에서 홧술을 마시고 있었다.

"푸핫~! 저기요~, 슈와슈와 한 잔 더 줘요~!"

"…………."

맞은편에 앉아 있는 메구밍이 아무 말도 없이 나를 쳐다보고 있었다.

"뭐야, 메구밍. 불쌍하다는 눈길로 나를 쳐다보지 말아주시겠사옵니까?"

나를 깔보지 마. 누구 때문에 이렇게 고생하고 있는지 알긴 하는 거냐.

"실제로 불쌍하니까 어쩔 수 없잖아. 무희 투어, 중간까지는 순풍에 돛단 격이었는걸."

아쿠아도 남일이라는 듯이 떠들어대지 마. 빚을 못 갚으면 곤란해지는 건 너도 마찬가지라고.

"악수회에서 난동을 부린 트롤을 쫓아낸 건 좋지만, 그

난동 탓에 왕도의 극장이 붕괴……. 공연 책임자로서 거액의 배상금을 지게 된 건가. 운이 없었구나, 카즈마."

"그것만이 아냐! 결국 이틀째 공연이 중지되면서 환불금까지 물어야 했고, 굿즈 판매도 못 해서 재고가 대량으로 남기까지……. 슈퍼 적자라고, 적자!!"

"나는 처음부터 알고 있었거든? 카즈마 씨가 좀 잘 나가는 것 같을 때마다 안 좋은 일이 벌어진다는 걸 말이야! 몇 번이나 이야기하려고 했지만, 카즈마 씨는 돈에 눈이 벌어서 내 말에 전혀 귀를 기울이지 않았잖아!"

젠장, 아쿠아 주제에 맞는 소리를 늘어놓는 거냐. 이래서야, 마치 내가 잘못한 것 같잖아. ……좀 반성하고는 있지만 말이야.

"자, 아쿠아. 그쯤 해둬라. 카즈마도 무희들을 위해서 한 일이다. 결코 사리사욕에 빠진 게 아니지. 카즈마, 그렇지 않으냐?"

"……무, 물론이옵니다."

나는 시선을 피하며 그렇게 중얼거렸다.

그런 상냥한 눈길로 이쪽을 쳐다보지 마.

"카즈마……. 방금, 시선이 흔들리지 않았나요?"

메구밍, 일부러 자리 이동을 해서 내 얼굴을 들여다보지 마.

양손으로 메구밍의 안면을 밀어내고 있을 때, 갑자기 등 뒤에서 목소리가 들려왔다.

"실례합니다. 방금, 카즈마란 이름이 들렸습니다만…….
당신이 사토 카즈마 씨인가요? 잠시 시간 좀 내주시지 않겠습니까?"

뒤를 돌아보니, 이런 술집과 어울리지 않는 고급스러운 옷을 입은 노신사가 서 있었다.

"아, 네. 제가 카즈마인데요. 무슨 일이죠……?"

"처음 뵙겠습니다. 저는 이 액셀의 극장에서 지배인을 맡고 있는 사람입니다."

또 성가신 일이 터졌나? 액셀의 극장에서는 사고를 치지 않았을 텐데?

그런 불안을 느끼며 이야기를 들어보니—.

11

"저희를 고용하고 싶다, 고요……?"

나이 든 지배인과의 이야기를 마친 후, 나는 즉시 액셀 하츠를 술집으로 불렀다. 전원이 모이길 기다린 후, 그와 나눈 이야기를 그녀들에게 전해줬다.

"왕도에서의 너희 쇼를 봤나 봐. 그래서, 흥미를 느끼게 됐대."

"그렇습니다. 악수회에서는 불운한 사고가 일어났습니다만, 쇼는 매우 멋졌죠……. 그런 여러분이 이대로 묻히는 건

참으로 아쉬운 일입니다. 염치없는 부탁이겠습니다만, 제가 경영하는 극장의 무대에 서지 않겠습니까?"

노신사는 온화한 미소를 머금었다.

"아니…… 바라마지 않던 제안이에요. 저야말로 부탁드립니다."

"……저, 저도 최대한 문제를 안 일으키며 열심히 할게요. 잘 부탁드려요!!"

"고마워, 할아버지!! 나중에 사인해줄게!!"

"허허. 그럼 나중에 정식 계약서를 가지고 찾아뵙겠습니다. 앞으로 잘 부탁드립니다."

인사를 잘 끝난 것 같았다.

세 사람 다 쾌히 승낙해줬으니 문제는 없으려나.

"해냈잖아! 열심히 한 보람이 있네!!"

"이러쿵저러쿵해도 그렇게 많은 팬을 보유했잖아. 너희의 쇼는 레벨이 높아."

돈벌이 수단이라 여기려고 마음을 먹고 있던 나조차도 매료될 정도니까 말이다.

"고마워……. 무희로서 제대로 인정받으니, 기분 좋네. 이걸로 다시 무대에 설 수 있어. 사람들에게 쇼를 보여줄 수 있는 거야."

"저…… 처음엔 남성 공포증을 치료하기 위한 훈련이라고 생각했지만, 지금은 함께 쇼를 하는 게 참 즐거워요!"

“나도 그래. 우리는 셋이서 한 팀인 액셀 하츠! 앞으로도 함께 무대에 서자!”

이 세 사람은 참 사이가 좋은걸.

이참에 전부터 신경 쓰인 점에 관해 물어볼까.

“그러고 보니 시에로와 에리카가 무희가 된 이유는 들었는데, 리아는 왜 무희가 된 거야?”

“그건…… 비밀이야. 후훗.”

“……어?”

뭐, 됐다. 끈질기게 캐물어봤자 미움을 살 뿐이니 말이다.

“아무튼…… 시에로, 에리카. 앞으로도 잘 부탁해!”

“응, 아름다운 우정이란 건 참 좋네! 그것만으로도 이번 투어를 진행한 의미가 있어. 그러니까 카즈마도 기운 내. 응?”

“그래. 정말이지—.”

동감할 리가 없잖아!! 나에겐 엄청난 빚이 남아있다고!

우정 따위 1에리스도 못 벌어와……! 그래, 지배인에게 부탁해서 수수료를 받는 건 어떨까?

무희 3인조의 대리인으로서, 아무 일 안 해도 매달 돈이 들어오는 시스템을 서둘러 만들어야 해……!

“카즈마가 또 음흉한 표정을 짓고 있네요. 정말 질릴 줄 모르는 남자라니까요…….”

“여어, 카즈마! 귀여운 여자애를 잔뜩 모아놓고, 대낮부터 잔치를 벌인 거냐. 팔자 한 번 정말 좋구나!!”

내 생각을 방해하듯, 누군가가 큰 목소리로 말을 걸어왔다.
고개를 들어보니, 익숙한 주정뱅이의 면상이 눈에 들어왔다.
"어이, 더스트. 나는 지금 바쁘거든? 네 상대를 해줄 시간 없어."
기분이 좋아 보이는 더스트가 비틀거리면서 다가오자, 나는 딴 데 가라는 듯이 손짓을 했다.
"정 없는 소리 말라고~. 우리 사이에 이러기야? 참, 재미있는 이야기를 들었어. 이번에는 왕도의 극장을 박살냈다며?"
"이번에는……?"
그 말을 들은 시에로가 의아한 표정을 지었다.
이 타이밍에 무슨 소리를 늘어놓는 거냐!
"더스트?! 그 이야기는—."
허둥지둥 더스트의 입을 막으려 했지만, 뭔가를 눈치챈 에리카와 리아가 내 어깨를 잡으며 말렸다.
"아하하, 진짜 질릴 줄 모르는 녀석이라니깐! 얼마 전에도 극단의 마차를 박살 냈잖아! 그 마차에 실린 무희의 짐까지 네 지시로 다 산산조각이 났었지? 그리고 이번에는 왕도의 극장인 거냐고!"
"무희의 짐까지 산산조각…… 그럼……."
항상 표정이 온화하던 시에로가 차가운 시선으로 나와 메구밍을 쳐다봤다.
이거 큰일 났네…….

도움을 청하듯 메구밍을 돌아보니, 그녀는 고개를 돌린 채 모자를 깊이 눌러썼다.

"앗! 촘스케에게 먹이를 주는 걸 깜빡했어요! 카즈마, 저는 이만 실례할게요!"

이, 이 자식, 혼자만 도망칠 생각이냐……?!

"역시 마왕군 간부를 해치운 남자는 하는 짓의 스케일도…… 어? 카즈마, 왜 그래? 얼굴이 새파래졌잖아. 그것보다! 저기, 귀여운 아가씨들은 어디서 왔어?"

유일하게 상황 파악을 못 한 더스트는 술기운에 헌팅을 시작했다.

그런 주정뱅이를, 리아 일행은 감정이 완전히 사라진 얼굴로 쳐다봤다.

"……방금 이야기에 나온, 마차가 박살 난 극단의 무희야."

"……나, 혹시 입 잘못 놀린 거야? 아하하하……. 앗, 급한 볼일이 생각났어! 그럼 가볼게!"

그제야 상황을 파악한 더스트는 식은땀을 흘리며 뒷걸음질을 쳤다.

유심히 보니, 아쿠아와 다크니스도 어느새 술집 구석으로 대피했다!

"…………."

"저기, 카즈마. 네가 우리 짐을 박살 낸 거야? 이야기 좀 해 봐. 일단 여기 좀 앉아볼래?"

“에리카 씨, 당신의 귀여운 얼굴에는 그런 무서운 표정이 안 어울리거든요? 어라…… 여러분, 화가 참 많이 나셨나 보군요?”

평소에는 귀엽다는 말에 약한 에리카도, 오늘은 안 통했다. 무시무시한 표정으로 나를 노려보고 있었다.

그리고, 남은 두 사람— 리아와 시에로가 나를 둘러싸듯 섰다.

“아무튼 앉아.”

“넵!”

리아, 이렇게 낮은 목소리도 낼 때가 있구나…….

“너무해요……. 믿었는데…….”

시에로는 금방이라도 울음을 터뜨릴 듯한 표정으로 나를 비난했다.

그러지 마……. 그런 게 가장 아픔이 크단 말이야.

“아니에요. 여기에는 깊은 사정이…….”

“사정? 우리를 이용해서 자기가 진 빚을 갚을 자금을 모으려 한 것 말이야?”

“아니, 그게, 틀린 말은 아니지만…….”

상대방이 납득할 변명을 생각하려 했지만, 무슨 말을 한들 이 상황을 뒤집을 수 있을 것 같지 않았다.

“카즈마도 빚이 있어서 어쩔 수 없이 한 거지? 지명도와 인기가 상승한 건 사실이니까, 이번만은 그냥 넘어가 줄게.”

“에, 에리카…….”

“……라고 말할 줄 알았어?! 가해자 주제에 피해자 행세하지 마! 반성이나 해!!”

“잘못했습니다아아아아아아!!”

무릎을 꿇고 바닥에 이마를 찍으며 사과했지만…… 비난의 빗줄기는 잦아들 줄을 몰랐다.

“하아…… 이번 일은 카즈마의 자업자득이라니깐. 내일부터 맡을 퀘스트라도 찾아봐 줘야겠네.”

“동감이다. 하지만 저렇게 넙죽 엎드린 상태에서 매도하는 시선을 받으며 비난을 듣다니…… 좀 부럽구나.”

아까 도망친 동료가 무슨 소리를 했지만, 나는 불평을 늘어놓을 때가 아니었다.

어째서 이렇게 된 거지……. 빚이 총 5억 7천 만으로 불어났다고!! 대체 나는 언제 빚에서 벗어날 수 있는 건데?!

제3장

1

액셀 하츠에게 버려지고 며칠 후, 나는 술집에서 술이나 퍼마시고 있었다.

"술 안 마시고 어떻게 버티냐고~! 빚은 눈덩이처럼 불어나기만 하지, 줄어들 기색이 없어! 아앗, 이제 다 싫어어엇~!"

"괜찮지 않아? 항상 빚쟁이 신세였잖아."

"그래요. 막대한 빚에는 이미 익숙하잖아요."

아쿠아와 메구밍이 상냥한 목소리로 전혀 위로가 안 되는 소리를 늘어놨다.

"내가 빚을 지게 되는 원인은 주로 너희잖아! 어이, 말해봐! 이제까지 내가 어쩌다 빚을 지게 된 건지, 그 원인을 너희 입으로 말해 보라고!"

내가 테이블을 내리치며 따지자, 두 사람은 말없이 고개를 돌렸다.

"고생이 많나 보군."

"수고 많아요, 카즈마 씨."

동정하는 목소리를 듣고 고개를 돌려보니— 가면을 쓴 악마 바닐과 마도구점 점주 위즈가 눈에 들어왔다. 바닐과 위즈는 전직 마왕군 간부다. 지금은 액셀 마을에서 함께 마도구점을 경영하고 있다.

실은 마왕보다 강할지도 모르는(자칭) 내다보는 악마 바닐과, 겉모습은 차분한 인상의 미녀지만 실은 언데드의 왕 리치인 위즈.

……어째서, 풋내기 모험가의 마을에서 장사를 하는 것일까. 두 사람 다 엄청난 실력자니까, 쉽게 떼돈을 벌 방법이 얼마든지 있을 텐데 말이다.

"웬일로 두 사람이 함께 술집에 다 온 거야?"

"후하하하하하, 이 몸이 소년을 찾고 있을 때, 양아치 모험가가 여기 있다는 것을 가르쳐줬지."

"저는 산책 삼아 겸사겸사 따라온 거예요."

양아치 모험가라면 더스트를 말하는 걸까? 그러고 보니 아까부터 나와 마찬가지로 술에 절어 있었지.

"바닐, 나한테 무슨 볼일이라도 있어?"

바닐을 보자마자 달려들려고 하는 아쿠아에게 슈와슈와를 줘서 얌전하게 만든 후, 나는 그런 소박한 의문을 입에 담았다.

그러자 가면 너머로도 알 수 있을 만큼 의아한 표정으로 나를 쳐다봤다.

"무슨 소리를 하시는 겁니까, 손님. 일전에 대량으로 발주 및 제작한 아이돌 굿즈란 것의 대금 지불일을 설마 잊은 건 아니겠지?"

"사흘 밤낮으로 쉬지 않고 일해서 만든 것이니까요. 얼마나 팔렸나요?"

……완전히, 깜빡했습니다.

으으, 어쩌지?! 돈을 벌기는커녕 오히려 마이너스만 났다고!

"그 돈만 있으면 한동안 하루 두 끼 생활에 반찬을 추가할 수도 있겠지."

"정말인가요?! 매일 퍼석퍼석한 빵 한 개로 버티는 생활에서 벗어날 수 있는 거군요!"

이제까지 대체 뭘 먹고 살아온 거야? 반찬 정도는 먹으라고! 그러는 나도 남을 동정이나 하고 있을 처지가 아니다. 위즈의 식생활보다 내 몸의 안전이 더 중요하다.

어떻게든 이 상황을 벗어나기 위해 머리를 굴리고 있을 때, 쾅 하고 문을 여는 소리가 술집에 울려 퍼졌다.

"크, 큰일났어! 극장에서, 찰리라는 이상한 남자가 날뛰는 바람에 무희들이……!!"

허둥지둥 가게에 뛰어 들어온 청년이 도움을 청하듯 그렇게 외쳤다.

"혹시, 카즈마가 말했던 변태 아냐?! 그 애들이 위험해!!"

슈와슈와를 단숨에 싹 비운 아쿠아가 힘차게 자리에서 일어났다.

찰리? 듣고 보니, 어디서 들어본 이름 같은데……. 아, 그것보다 바닐의 추궁에서 벗어날 기회다!

"생각은 나중에 하기로 하고, 빨리 가자!"

돈 이야기가 나오자마자 남인 척하던 동료를 데리고, 술집을 뛰쳐나갔다.

2

극장의 입구에서 도망치는 사람들을 헤치며 안으로 들어가 보니, 액셀 하츠와 낯익은 남자가 대치하고 있었다.

저 뚱뚱한 체격은 어디서 본 것 같은데……. 찰리……. 앗, 그 자식이구나!!

"다, 다가오면, 비장의 마법을 먹여줄 거예요. 다가오지 마세요, 트롤 씨!!"

"트롤이라고 부르지 마! 나한테는 찰리란 이름이 있다고! 편하게 찰리라고 불러줘, 시에로 양!!"

"왜 매번 찾아오는 거야! 역시 내가 귀여워서 그런 거야? 아아, 신이시여……. 역시 내가 너무 귀여워서 문제인 거구나?!"

"넌 뭐야! 시에로 양이 안 보이니까 비켜."

"이 자식, 뭐야?! 사람 열받게 하네~!!"

무시당한 에리카가 발을 동동 구르며 분통을 터뜨렸다.

말을 들어보니, 이 자식은 시에로를 최애로 삼은 것 같다.

쓸데없이 힘이 센 민폐 손님만큼 성가신 존재는 없다.

"생각했던 것만큼 절박한 상황은 아닌 것 같네. 여유가 있는 것처럼 보여."

아쿠아의 말대로, 긴장감이 없었다. 하지만, 내버려 둬도 될 상황은 아니었다.

"리아, 시에로, 에리카! 괜찮아?!"

"카즈마! 그리고 다른 사람도……."

리아는 약간 안심한 건지, 표정을 풀며 우리를 쳐다봤다.

"늦지 않은 것 같군요. 무사해서 다행이에요."

"이 자식은 왕도에서 싸웠던 트롤이지?!"

내가 손가락으로 가리키자, 찰리는 얼굴을 일그러뜨리며 씨익 웃었다.

"어머, 카즈마. 아는 애야?"

아, 그렇구나. 아쿠아는 처음 보겠네.

"이 자식, 감히 내 무희 계획을 박살 냈겠다! 덕분에 나는 빚 지옥에서 허우적대고 있어! 어떻게 책임질 거야! 톡톡히 대가를 치르게 해줄 테니 각오해!!"

"각오해야 할 건 그쪽이다. 무희의 납치……. 다니엘 님의 명령은 반드시 지켜야만 해~!! 우오오오오오……!!"

찰리가 비명을 지른 순간, 그의 피부가 녹색으로 물들며 몸이 부풀어 올랐다―.

"어, 다니엘 씨? 방금 다니엘 씨라고 했나요? 혹시―."

어라, 위즈도 따라왔구나! 바닐은…… 없는 것 같다.

"왜 넋 놓고 있는 거야, 위즈! 조심해!!"

"그오오오오오오오오오오오!! 시에로 양 일행은 내가 데려가겠다!"

나와 다크니스는 찰리를 막아서며 무기를 치켜들었다.

"손님, 저희 가게는 터치 금지입니다! 그녀들에게 더 민폐 행위를 한다면…… 강제 퇴장이라고, 짜샤!!"

"약해빠진 인간 따위가 할 수 있으면 어디 해봐라!"

민폐 트롤은 여전히 우쭐대고 있었다.

일전에는 시에로가 날린 혼신의 일격이 사타구니에 크리티컬 히트한 덕에 어찌어찌 격퇴할 수 있었지만, 같은 수법이 또 먹히지는 않을 것이다.

상대도 그 일을 떠올린 건지, 시에로를 경계하면서 왼손으로 소중한 부위를 지켰다.

내 검과 활이 저 두터운 지방 갑옷을 꿰뚫을 수 있을 것 같지는 않았다. 일격필살을 추구한다면, 메구밍에게 맡기는 게 가장 좋겠지만—.

힐끔 옆을 쳐다보니, 눈을 반짝이며 거친 숨을 내쉬는 마법사가 눈에 들어왔다.

"써도 되나요?! 폭렬마법을 써도 되는 거죠?!"

"당연히 안 되지! 극장에서 그딴 걸 써 봐! 전원이 휘말릴 뿐만 아니라, 빚이 더 늘어날 뿐이라고!!"

하지만 트롤의 내구력을 고려하면, 파괴력이 뛰어난 일격으로 해치우는 게 가장 좋기는 하다.

"좋아. 이렇게 되면 정공법으로 가자. ……위즈, 부탁해."

"어, 저 말인가요?! 카즈마 씨 일행이 지인을 구해야 하는 상황 아닐까요?"

"괜찮아. 싸움에서 중요한 건 내용이 아니라 결과거든. 부상자가 나오지 않고 전원이 무사히 돌아가기 위해선 그게 최선이야. 그리고 극장에 갈 피해도 가능한 한 줄여주시면 감사하겠습니다!"

"아, 네. 최선을 다해볼게요."

내가 힘차게 고개를 숙이자, 분위기에 휩쓸린 위즈는 승낙했다.

위즈는 이런 애원에 약하거든.

"뭐야. 너는 안 싸우는 거냐. 저런 다 늙어빠진 여자 엉덩이 뒤에 숨는 거냐고. 저 귀여운 애들처럼 탱글탱글한 엉덩이를 쫓아다니는 편이 낫지 않겠냐?"

"방금…… 뭐라고 하셨죠?"

"……위즈, 씨?"

고개를 숙인 채 어깨를 부들부들 떨고 있는 위즈한테서 강렬한 살기를 느낀 나는 슬그머니 그녀와 거리를 뒀다.

"기왕 쫓아다닐 거면 젊고 귀여운 시에로 양 같은 애가 최고야. 수수하고 노출도 거의 없는 데다 말라비틀어진 여자—."

"『커스드 라이트닝』!"

찰리가 말을 마치기도 전에, 위즈에게서 뿜어진 푸르스름한 번개가 그를 꿰뚫었다.

"으갸아아아아아아아아!!"

찰리는 온몸을 격렬하게 떨면서 한쪽 무릎을 꿇더니, 손에 쥔 무기를 놓쳤다.

피부가 검게 타버린 몸에서, 향긋한 냄새가 풍겨 나왔다.

"크…… 트롤 엘리트인 내가……!! 이번에는 물러난다만, 이걸로 이겼다고 생각 마라. 오늘 일은 꼭 다니엘 님께 일러바칠 거다!!"

"다니엘이라면, 트롤 로드인 다니엘 씨를 말하는 건가요?!"

위즈가 묻자, 찰리가 움직임을 멈췄다.

"뭐야, 알고 있었냐……. 그렇다. 바로 그 다니엘 님이다! 다니엘 님이 분노하시면, 너희는 다 죽은 목숨이지!!"

그딴 대사를 남긴 찰리는 극장 벽을 부수며 도망쳤다.

저 자식, 쓸데없이 물건을 부숴대네! 또 빚이 늘어났잖아!

"도망쳤군요……. 저 거구에 어울리지 않게 민첩하잖아요. 그러고 보니…… 혹시 위즈는 저 트롤과 면식이 있나요?"

고개를 갸웃거리며 생각에 잠긴 위즈에게, 메구밍이 질문을 던졌다.

나도 그게 묻고 싶었으니 마침 잘 됐다.

"아뇨, 메구밍 양. 저 트롤 씨는 모르지만, 아까 언급된 『다니엘 씨』와는 예전부터 아는 사이예요……."

"너란 애는 정말! 이번에도 또 밉살스러운 적과 은밀히 내통하고 있었던 거구나!"

아직 이야기가 끝나지도 않았는데, 아쿠아가 위즈에게 시비를 걸기 시작했다.

"오, 오해예요, 아쿠아 님! 어디까지나 옛날에 좀 알고 지냈을 뿐, 지금은 전혀—."

"흥! 이제 그만 실토하는 게 어때? 이 내통자 리치! 오늘이야말로 깨끗하게 정화시켜줄 테니까, 각오—."

"인마, 이야기를 못 나누겠으니까 그만해."

항상 방해만 해대고 아무짝에도 쓸모없는 아쿠아의 머리를 쥐어박았다.

"아야…… 카즈마가 때렸어……."

"그건 그렇고, 그 다니엘이란 자식은 뭐야? 저 트롤의 상관이라면, 별 볼 일 없을 것 같은데……."

"그렇지 않아요. 다니엘 씨는 한때 마왕군에 소속되어 있었죠. 당시에도 매우 강한 분이었다고 들었어요."

"마, 마왕군?!"

또 마왕군과 얽힌 일이냐. 단순한 민폐 트롤이라고 생각했는데 말이다.

"네. 강대한 힘을 지녀서, 다니엘 씨를 새로운 간부로 삼자는 이야기가 몇 번이나 나왔죠."

마왕군 간부급의 실력자……? 어이어이, 그딴 녀석을 상대하는 건 위험하다고!

"어째서 그런 녀석이……? 시에로를 유독 노리는 것 같던데 말이야."

리아의 의문은 옳았다. 마왕군 간부의 표적이 될 짓거리를 한 적이 없을 테니 말이다.

"그렇지 않아. 찰리 씨는 우리 셋 다 성으로 끌고 가겠다고 했어."

액셀 하츠를 마왕군 간부 후보가 노린다?

잘은 모르겠지만, 일이 귀찮아질 게 뻔해 보였다.

"괜찮아! 진짜로 다니엘이란 자식이 나타나도, 다 같이 격퇴하면 돼. 카즈마, 안 그래?"

"너희는 너희끼리 힘내! 그럼 수고했어!"

"어, 왜 갑자기 도망치려고 하는 건데!"

더는 휘말릴 수 없다고 생각한 내가 뒤돌아서서 극장 밖으로 도망치려 한 순간, 에리카에게 목덜미를 잡혔다.

"무슨 말씀이신지 모르겠군요. 저는 일개 모험가예요~. 게다가 마음은 함께할지라도, 지금은 다른 길을 걷고 있는 사이이지 않습니까~."

그 손아귀에서 벗어나기 위해 버둥거리고 있을 때, 리아와 시에로가 나를 포위했다.

"……다니엘이라는 트롤은 지금 마왕군 소속이 아닌 거죠? 상당한 실력자인데, 어째서죠?"

메구밍, 그런 걸 물어볼 여유가 있다면, 나부터 좀 도와달라고.

"실력자이긴 하지만, 다니엘 씨는 무희를 너무 좋아하셔서……."

"……어?"

뜻밖의 말이 들린 것 같은데…….

"일보다 무희를 쫓아다니는 것에 더 열심인지라, 마왕님의 명령을 자주 무시하셨어요. 그게 너무 지나쳤던 바람에, 최종적으로 마왕군에서 제명을—."

"그냥 아이돌 오타쿠인 거잖아!!"

아까 전의 트롤보다 더 위험한 녀석 같다.

실력은 물론이고, 민폐 손님 측면에서도 말이다.

"마왕군 간부급의 실력자에, 저렇게 강한 부하까지 거느리고 있다니…… 성가신 팬이네. 이것도 내가 귀여운 탓이야! 아앗, 마왕군 간부 후보마저 현혹하는 내 귀여움이 미워!!"

에리카는 위기감을 못 느끼고 있는 것 같네. 일단 충고 정도는 해줄까.

"괜히 낙관적으로 생각하지 말고, 좀 조심하는 게 어때? 그리고 너희도 모험가니까, 자기 몸은 자기가 지켜."

"어…… 저희를 지켜주지 않을 건가요? 카즈마 씨는 프로듀서인데……."

어이, 시에로. 버림받은 강아지 같은 눈길로 쳐다봐도 소용없어.

나는 현재 프로듀서가 아냐! 너희가 해고했잖아!

“그건 옛날 일이라고! 나는 빚을 청산하느라 바빠서, 너희를 신경 쓸 시간이 없어!!”

“같이 일하지 않게 되자마자, 태도가 확 바뀌네……. 역시 카오물 씨야.”

“오물이라고 부르지 말라고. 나도 상처 입는단 말이다.”

마왕군 간부 후보를 상대하려면 목숨이 여러 개 있어도 부족하다. 우선은 눈앞의 빚부터 어떻게 해야 한다!

3

평소의 술집에서 평소처럼 빈 술잔에 둘러싸인 채 테이블에 엎드린 나는 눈물을 흘렸다—.

“이제…… 싫어…….”

“언제까지 삐쳐 있을 건가요? 뭐, 빚이 더 늘어나서 의욕이 안 나는 그 심정은 이해하지만 말이에요.”

“그것만이 아니라, 마왕군 간부급인 녀석도 적으로 돌렸거든? 아아, 이 세상에는 신이 없는 걸까…….”

“어머, 이 여신님을 불렀어?”

아쿠아가 우쭐대는 표정을 지었다.

나는 그 얼굴을 똑바로 쳐다보며, 땅이 꺼지도록 한숨을 내쉬었다.

“그래……. 신도 여신도 없고, 잉여신만 있는 거구나.”

“앗~! 또 잉여신이라고 불렀겠다?! 내가 잉여신인지 아닌지 증명—.”

귓가에서 시끄럽게 떠들어대는 아쿠아의 볼을 잡고 좌우로 확 잡아당겼다.

“아빠~, 아빠~, 끄만애~.”

의외로 쭉쭉 늘어나는걸.

“진정해라. 적은 강대하지 않느냐. 다니엘은 마왕군 간부 후보일 정도의 실력자……. 나에게는 크루세이더로서, 내 몸을 바쳐 모두를 지킬 의무가 있다. 리아 일행을 납치하려 한다면, 내가 대신 납치를 당해야겠군. 그리고 성에 끌려간 나는 갑옷이 벗겨지면서, 수치스럽기 그지없는 모습이—.”

다크니스가 망상에 빠진 채 몸을 부르르 떨었다.

“크으…… 끌려가고 싶지 않다! 하지만, 어쩔 수 없겠구나!!”

“하~ 하하하! 마왕군 간부 후보든 뭐든 간에, 제 폭렬마법으로 격퇴해주겠어요!”

내 주위에는 제정신인 녀석이 한 명도 없는 걸까…….

아, 하지만 그 자식들의 표적은 액셀 하츠잖아.

나는 관계자가 아니니까, 괜히 끼어들지만 않으면 휘말릴 일은 없을 것이다.

그렇다. 이대로 방관하기만 하면, 내 신변의 안전은 보장

된다.

"헷. 너희는 여전히 시끌벅적하잖아."

머리를 감싸 쥐며 신음을 흘리고 있자니, 더 성가신 자식의 목소리가 들려왔다.

"어머, 더스트와 린이잖아."

아쿠아의 목소리를 듣고 고개를 들어보니, 양아치 모험가인 더스트가 눈에 들어왔다. 그리고 그가 속한 파티의 홍일점인 마법사, 린도 있었다.

"더는 일을 성가시게 만들지 마. 린도 더스트의 고삐를 꽉 잡고 있으라고."

"아직 아무 말도 안 했잖아! 무슨 일이야? 기분 되게 안 좋아 보이네. 또 거하게 사고 친 거 아냐?"

"나 좀 내버려 두고 꺼져. 쉿쉿."

시선을 마주치지 않으며 쫓아내려 했지만, 더스트는 눈도 꿈적하지 않으며 내 옆에 털썩 앉았다.

"뭐야, 내 말이 맞는 거구나? 하하, 그래서 표정이 더러운 건가 보네. 그런 너에게 기운이 날 만한 건수를 가져왔다고."

이 자식이 가져오는 솔깃한 건수라는 건 다른 꿍꿍이가 있거나 실패하거나 중 하나다. 들어봤자 시간 낭비다.

"미안하지만, 나는 지금 머릿속이 복잡해서 웬만해선 기운이—."

"곧 있으면 미녀들의 요염한 육체를 마음껏 쳐다볼 수 있으니까, 남자라면 누구나 기운이 날걸?"

고개를 든 나는 진지한 표정으로 친구의 얼굴을 응시했다.

"……더스트. 그 이야기, 좀 자세하게 해봐."

"베르제르그 왕국에서 주최하는 『무희 콘테스트』?!"

나는 자세한 이야기를 듣자마자, 무심코 몸을 쑥 내밀었다.

"그래. 이 나라 최고의 무희 유닛을 뽑는 대회……. 그 100회째를 기념해, 평소보다 더 성대하게 개최하나 보더라고."

더스트의 이야기는 신용도가 바닥을 치기에 확인 삼아 린을 쳐다보니, 그녀는 고개를 크게 끄덕였다.

"엘로드에서 특별 협찬도 해주나 봐. 계약금을 합친 상금 총액은 10억 에리스나 된다고 해."

"십—."

""""10억 에리스?!""""

내 동료들이 한목소리로 지른 고함에, 나의 깜짝 놀란 목소리가 가려졌다.

"응모자가 많아서, 왕도에서 본선이 열리기 전에 액셀에서도 예선을 치른다더라고. 귀여운 애들의 춤을 안주 삼아, 술이나 마시며 즐기—."

"그거야……."

"응? 뭐라고?"

"그거야아아아아아아아아!! 이번이야말로 처음이자 마지막으로, 기사회생의 기회가 찾아왔다고!!"

이 행운을 차지해서, 빚을 다 갚는 수밖에 없다!

나는 주먹을 치켜들며 환희에 찬 함성을 질렀지만, 내 동료들은 차가운 눈길로 나를 쳐다봤다.

내가 성공하더라도, 너희한테는 땡전 한 푼 안 줄 거야!

"후하하하하! 의욕이 마구 샘솟네!! 10억 에리스는 액셀 하츠와 내가 차지하겠어!!"

"액셀 하츠라면 요즘 화제인 무희들이지? 어떻게 그 애들과 인맥을 쌓은 건지는 모르겠지만, 걔들이라도 쉽지 않을걸? 예선 통과 경쟁률도 어마어마한 것 같더라니깐."

린, 찬물 끼얹는 소리 하지 말라고. 그딴 현실은 알고 싶지 않아!

"꽤 좁은 문이란 소리구나. 아쉽게 됐네, 카즈마."

"……앗! 그래!!"

웬일로 조용히 생각에 잠겨 있던 아쿠아가 좋은 아이디어가 생각났다는 듯이 손뼉을 쳤다.

아이디어가 생각났나 본데, 어차피 제대로 된 것일 리가 없다.

"맞아! 리아 일행한테 전부 떠맡길 필요는 없어!"

"무슨 소리야?"

"여신인 내가 콘테스트에 출전하면, 문제는 전부 해결돼! 예선과 본선에서 승승장구해서 10억 에리스를 손에 넣고 말겠어! 그 대신…… 빚을 갚고 남는 돈은 전부 내 몫이다?”

“어이어이, 여신이니 뭐니 하며 떠드는데 찬물 끼얹어서 미안한데 말이야. 참가할 수 있는 건 세 명 이상으로 구성된 유닛뿐이거든?”

더스트의 말을 들은 아쿠아가 자기 자신, 메구밍, 다크니스를 차례차례 가리켰다.

“마침 잘 됐네. 우리 셋이라면 우승할 게 틀림없어!!”

“홍마족 제일의 마법사인 제가 콘테스트에 나간다니…….
그야말로 세상의 선택을 받을 운명!!”

“극장을 가득 채운 뜨거운 숨결! 심사위원들의 핥는 듯한 시선! 아앗, 상상만 해도 몸이 달아오르는구나……!”

우승할 게 틀림없다, 라. ……평소와 마찬가지로 바보 그 자체인 잉여신과 정신 나간 로리 소녀 및 마조히스트 크루세이더밖에 안 보이는데 말이야.

“오~. 너희도 출전하는 거냐. 무모하다 싶지만, 입 다물고 있으면 미인이긴 하잖아. 의외로 성공하는 거 아냐?”

더스트의 말을 듣고 눈치챘다.

그래. 까맣게 잊고 있었는데, 얘들은 외모 하나는 꽤 봐줄 만하잖아. 가능성이 있……을지도 몰라.

“좋아. 너희 셋도 내가 겸사겸사 프로듀스해주지!! 기대하겠어!!”

“““네, 프로듀서!!”””

이 정도로 의욕이 있으면, 뜻밖의 결과가 벌어질지도 모르겠는걸. ……하지만, 얘들은 보험에 지나지 않아. 메인은 어디까지나 리아 일행이거든.

다시 한번, 나에게 프로듀스를 맡겨달라고 부탁해볼까.

기다려, 액셀 하츠……. 이번에야말로 너희의 힘을 이용해서, 나는 빚을 다 갚고 자유를 거머쥘 거야!

"앗, 카즈마 씨가 또 음흉한 표정을 짓고 있어."

만전의 태세로 『무희 콘테스트』에 도전하기 위해, 나는 리아 일행이 사는 집을 향해 의기양양하게 발걸음을 옮겼다.

4

액셀 마을의 소극장. 리아 일행이 공연 전 개인 연습을 위해 오늘 이곳을 찾는다는 건 파악하고 있다.

일전에 그녀들의 집에 도착하기 전에 생각을 바꾼 나는 이른 아침부터 소극장에 와서, 쭉 뭔가를 했다—.

"여기…… 진짜로 우리의 극장 맞아?"

"와아, 장식이 새것처럼 깨끗하게 닦여 있어. 마이크까지 반짝반짝거리네!"

"손이 닿지 않는 조명 뒤편에도 먼지 하나 없어. 대체 누가 이렇게 깨끗하게……?"

나는 무대 옆에 숨어서 그녀들의 놀란 모습을 관찰했다.

주위를 둘러보며 탄성을 터뜨리고 있는걸. 슬슬 나가볼까.

"훗훗훗……. 마음에 들었어?"

머리에 수건을 감고, 손에는 걸레와 양동이를 들고 있었다. 「지금까지 청소하고 있었습니다」 하고 어필하는 듯한 모습으로 그녀들 앞에 나섰다.

"……혹시, 카즈마가 청소를 한 거야? 대체 무슨 바람이 분 건데? 설마 또 꿍꿍이가 있는 건—."

리아는 놀라움과 고마움이 섞인 표정을 지었지만, 눈에는 의심이 빛이 짙게 어려있었다. 에리카와 시에로는 더 노골적으로 미심쩍은 눈길을 머금고 있었다.

뭐, 일이 쉽게 풀리지 않겠지. 하지만, 이 타이밍에 더 몰아붙이도록 할까.

"꿍꿍이 같은 건 없어! 오히려 정반대야!! 이제까지 범한 무례를 사과하고 싶어……. 정말 미안해!!"

세 사람을 향해 몸을 날리며 슬라이딩 오체투지를 선보였다.

"카, 카즈마 씨. 뭐하는 거예요……. 고개를 드세요."

"이렇게 해야 내 직성이 풀려. 사정이 있었다고 해도, 너희를 비즈니스에 이용한 건 사실이니까……."

가장 정에 약한 시에로를 향해 성심성의를 다해 사과……하는 것처럼 보이도록, 과장된 손짓, 발짓을 섞어가며 정에 호소했다.

"카즈마……."

에리카도 그런 내 모습을 보고 태도가 누그러졌다. 거의 다 넘어왔나.

"그러니 이번에야말로, 무희로서 꿈을 이루려 하는 너희를 진심으로 응원하고 싶은 거야. 나에게 한 번만 더, 기회를 줘!!"

"……사과는 그 정도면 충분하니까, 그만 고개를 들어. 전부 지나간 일이잖아."

리아가 내 어깨에 손을 얹더니, 상냥하게 미소 지었다.

"이러쿵저러쿵해도 우리의 지명도가 상승한 건, 카즈마의 수완 덕분이니까…… 고맙다고 생각하지 않는 건 아냐."

"돈 따위 필요 없다고 생각하는 건, 카즈마 씨만이 아니에요. 저희의 꿈, 응원해 주겠어요?"

나는 그 말에 감정이 북받친 나머지, 천천히 몸을 일으키며 눈물을 닦……는 시늉을 했다.

좋아, 걸려들었어!!

"너희들…… 그러면……!!"

"그래. 앞으로도 잘 부탁해, 프로듀서."

리아, 에리카와 뜨거운 악수를 한 나는 덩달아 시에로의 손도 움켜잡으려다 그 직전에 멈췄다.

"응, 함께 힘내자!"

예상 이상의 성과였다.

이제 리아 일행을 콘테스트에서 우승시킬 수만 있다면, 상급 10억이 들어온다! 빚을 청산할 길이 보이기 시작했다고!

"그럼, 지금 바로 제안할 게 하나 있어. 콘테스트에 나가 보지 않을래?"

"콘테스트라면…… 이번에 액셀에서 예선이 치러진다는……?"

"그래! 우승하면 액셀 하츠의 이름이 이 나라 전체에 알려질 거야!"

내 제안을 들은 세 사람의 서로의 얼굴을 쳐다봤다.

제안을 받아들일지 말지에 따라 미래가 바뀐다. 어떤 수단을 써서라도, 콘테스트에 나가게 만들어야 한다.

"괜찮을까? 상당한 실력파도 나온다던데……."

"뭘 주눅 들고 그래. 왕도에서 우리가 가장 귀엽다는 걸 증명한 기회잖아……. 왕도의 무대에 선다면 분명……!"

"그, 그래. 에리카의 말이 맞아. 우리가 할 수 있는 최고의 공연을 선보이자!"

"……알았어. 두 사람이 그렇게 말한다면, 할 수 있는 데까지 해보자."

이야기가 너무 술술 풀리자, 거꾸로 불안해졌다.

하지만 이제 와서 물러날 수도 없다. 이대로 계속 밀어붙일 뿐이다!

"혹시 모르니 요점을 설명해둘까. 왕도에서 열리는 본선에 나가기 위해서는 액셀 주변 에어리어의 대표를 뽑는 예선에서 이기고 올라가야 해. 예선 1차 심사는 심사위원과의 대화. 2차는 체력, 3차는 지력을 심사하며, 최종 심사에서 퍼포먼스…… 오호라.”

액셀에서만 네 번이나 심사로 걸러내는 건가. 보험인 아쿠아 일행이 있긴 하지만, 걔들이 끝까지 올라가는 건 어렵겠는걸. 그러니 잘 부탁해, 액셀 하츠.

5

“여러분, 오래 기다리셨습니다. 무희 콘테스트 출전자를 가리기 위한 예선 심사를 시작하겠습니다!”

턱시도를 입은 사회자가 개회 선언을 하자, 관객석에서 환성이 터져 나왔다.

콘테스트 당일, 실외 무대에는 상상했던 것보다 더 많은 참가자와 관객이 모였다.

“이야, 기다렸다고~! 수영복 심사는 있겠지?”

“여신님도 출전한다고 들었거든. 내가 누구보다 뜨거운 성원을 보내겠어!!”

관객석이 시끌벅적하다 했더니, 더스트와 미츠루기가 난리를 피우고 있었다.

한 사람은 엉큼한 목적으로, 다른 한 사람은 아쿠아가 참가한다는 말을 듣고 온 것 같았다.

"1차 심사에서는 무희에게 필요한 애교를 확인하는 질의응답! 호명된 유닛 여러분은 심사위원 앞으로 나와 주십시오!!"

"쟤들, 괜찮을까? 왠지 나까지 긴장되는걸……."

액셀 하츠는 괜찮을 것이다. 몇 번이나 무대에 섰으니, 긴장감에도 강할 것이다. 하지만, 문제는 다른 팀…….

트러블 메이커인 아쿠아와 폭렬마법에 환장한 메구밍, 그리고 세 사람 중에서 그나마 상식적인 다크니스조차도 성적 취향이 문제다.

괜한 짓을 벌이지 않을지 걱정되어서, 조마조마했다.

내가 그런 불안에 사로잡힌 사이에도 콘테스트는 무난히 진행되더니, 드디어 문제아들의 차례가 됐다.

"으음…… 다음은 『폭렬 여신 라라티나』의 세 분이군요. 자, 심사위원석 앞에 서시죠!!"

"푸웁! 뭐 그딴 이름이 다 있어!"

"우왓, 더럽잖아!"

무심코 뿜은 음료가 앞에 앉아 있던 더스트의 뒤통수에 명중했다. 불평을 늘어놓는 것 같지만, 나는 그런 걸 신경 쓸 여유가 없었다.

"아쿠아, 방금 그 유닛 명은 대체 뭐냐?! 왜 나한테 말 안 해준 것이지?!"

"후후, 제가 지었어요~. 꽤 괜찮은 이름이지 않아? 우리의 장점을 전부 모아봤어!"

"정말 괜찮네요! 역시 아쿠아네요! 저는 무척 마음에 들어요!"

범인은 아쿠아인가. 제정신 박힌 사람이라면 불만을 늘어놓겠지만 홍마족의 센스에는 합격인 건지, 메구밍은 만족스러워했다.

"그럼 질문 타임을 시작하겠습니다. 『폭렬 여신 라라티나』의 여러분, 잘 부탁드립니다!"

"라, 라라티나라고 부르지 마라~!!"

안면이 새빨개진 라라티나— 아니, 다크니스가 버럭 고함을 질렀다.

"으음, 질문을 해도 되겠나? 이 콘테스트에 출전하기로 마음먹은 이유를 가르쳐주게."

심사위원이 턱수염을 만지작거리면서 정석적인 질문을 던졌다.

"귀족이 이런 자리에 함부로 서면 안 되겠지만, 동료의 부탁을 함부로 할 수가 없었다."

"내 안에 잠들어 있던 댄스 재능이, 각성의 순간을 맞이했을 뿐……. 홍마족의 긍지를 걸고, 민중의 마음을 휘어잡고 말겠어요!!"

"콘테스트에 출전한 이유? 그야 물론, 내가 여신이라서야! 그 누구에게도 지지 않겠어!!"

"역시 여신님! 평생 당신을 따르겠습니다!!"

아쿠아의 어필을 듣고 환성을 지르는 관객이 딱 한 명 있었다. 아는 사이라고 여겨지고 싶지 않으니 좀 떨어져 있어야겠다.

"열광적인 팬이 있는 것 같군요. 아는 사이인가요?"

심사위원과 아쿠아의 시선이 미츠루기를 향했다. 눈을 가늘게 뜨며 그를 지그시 쳐다본 아쿠아는 고개를 갸웃거렸다.

"아뇨, 모르는 사람이에요. 그래도 응원해줘서 고마워!"

"아쿠아 님?!"

아아~, 너무 충격을 받은 나머지 주저앉아버렸네.

"여신에 중2병에 귀족……. 캐릭터 설정이 꽤 특색 있는 유닛이군."

일본에서라면 버라이어티 방송에서 선호할 3인조네. ……괴짜 팀으로서 말이야.

"설정이 아냐! 진짜거든?!"

"대단하군. 완전히 캐릭터 설정에 녹아들었어……. 그래! 혹시 여신다운 개인기를 할 수 있나?"

"좋아, 캐릭터 설정이 아니라는 걸 증명해주겠어. 모처럼 화려한 무대에 섰으니까…… 에잇! 『화조풍월』~!"

평소처럼 개인기를 선보이자, 심사위원들이 술렁거렸다.

"오오! 물줄기로 무지개를 만들어내서, 관중을 사로잡다니…… 폭렬 여신 라라티나, 1차 심사 합격!"

"합격한 건 좋지만…… 이런 식으로 심사해도 괜찮은 것이냐?"

6

출전자들이 차례차례 앞으로 나서서 자기 어필을 했다. 생각보다 빠르게 진행되면서, 내 주 담당— 액셀 하츠의 차례가 됐다.

"다음이 마지막 유닛이군요. 액셀 하츠 여러분, 심사위원석 앞에 서주십시오!!"

"내가 누군지 알고 싶어~? 그건 바로, 내가 바로, 시에로!!"

"겉보기엔 시크해도 속마음은 따뜻! 리아가 안식처가 되어 줄게!!"

"전 세계의 귀여움이 모두 여기에! 1000퍼센트 귀여운, 에리카입니다~! 셋이 합쳐—."

""""『액셀 하츠』예~요!""""

역시 경험은 중요한걸. 처음에는 쭈뼛거리면서 하던 자기소개를, 이제는 당당히 해냈다.

"좋았어, 액셀 하츠! 오늘도 리아가 최고야!!"

"아냐, 에리카거든?! 귀엽기 그지없네!!"

"시에로 양, 오늘도 묵직한 한 방 날려주세요!!"

고정 팬의 응원이 들려왔다. 위험한 팬도 섞여 있는 것 같지만 말이다.

뭐, 좋아. 오늘 들어 가장 뜨거운 반응이네.

"인기가 대단한걸. 으음…… 질문을 해도 될까? 이 콘테스트에 출전하기로 마음먹은 이유를 가르쳐줬으면 하네."

"이유……. 별건 아냐. 우리의 노래와 춤을, 더 많은 사람에게 전하고 싶어. 그게 다야."

심사위원의 질문에, 리아는 맑은 목소리로 자신의 마음을 밝혔다.

"심플해……. 그래서 더 멋지네."

"그리고, 내 귀여움도 전달하고 싶거든?"

"저희의 노래와 춤이, 관객 여러분의 마음에 전해질 거라고 믿어요! 그러니, 우선 한 번 봐주세요!"

시에로도 배짱이 생겼는걸. 예전 같았으면 긴장 탓에 우물쭈물하였을 텐데 말이야.

"카즈마…… 마치 네가 재들을 기르기라도 한 태도네."

앞자리에 앉아 있던 더스트가 나를 돌아보더니, 어처구니없다는 눈길로 쳐다봤다.

"실제로 내가 재들을 지도했거든."

이만큼이나 성장할 수 있었던 건, 내 덕분이라고 해도 과언이 아니기는 했다.

"매력적일 정도로 순박하군……. 나무랄 데가 없어! 1차 심사 합격!"

합격 발표를 들은 액셀 하츠의 3인조는 환한 미소를 지으며 서로의 손을 잡더니, 무대 위에서 껑충 뛰며 기뻐했다.

7

심사가 전부 끝난 후, 아쿠아 일행과 액셀 하츠의 멤버가 내 곁으로 모였다.

"무사히 1차 심사는 통과했어."

"긴장 풀지 마! 승부는 이제부터야……. 그래도, 일단 축하해주겠어."

나무랄 데가 없는 최고의 어필이었지만, 이 타이밍에 긴장을 풀게 할 수는 없다. 방심으로 이어질 수 있으니 말이다.

"흐흥~, 나도 합격했어! 여신인 내 덕분이거든?"

아쿠아는 우쭐대고 있지만, 얘들은 제어가 불가능하니 멋대로 하게 두자.

"기쁘긴 하지만, 아직 심사가 끝난 건 아냐! 2차 심사는 체력, 3차 심사는 지력, 그 후에 최종 심사…… 아직 갈 길이 머네."

내가 충고를 해줄 것도 없이, 에리카는 스스로 마음을 다잡고 있었다.

"최종 선고에서는 노래와 춤을 실제로 선보이죠? 이참에 춤을 생각해두죠! 벌써부터 홍마의 피가 술렁거리고 있어요!"

"노래라면 맡겨줘! 울음을 그치지 않는 갓난아기도, 바로 미소 짓게 만드는 노래를 불러줄게!"

"설마…… 피부가 훤히 드러나는 의상을 입고 무대에 서는 걸로 모자라, 남자들 앞에서 몸을 요염하게 비틀며 춤추라는…… 그그그, 그런 것이냐?!"

우리 애들은 정말 변함이 없네. 최종 심사까지 남을 수 있을지 아직 모르는데 말이야.

이 세 사람은 노래와 춤 실력이 어느 정도일까. 기대보다 불안이 앞서지만, 합격한다면 운이 좋다 정도로만 생각하자.

뭐, 나는 리아 쪽이 올라가든 아쿠아 쪽이 올라가든 아무 상관 없거든. 우승을 따내고 손에 넣은 10억으로 빚만 청산할 수 있다면……!

다들, 잘 부탁해. 어떻게든 이기고 올라가줘!!

2차 심사가 시작되자, 내 주위가 시끌벅적해졌다.

"이기고 올라가는 건 우리들, 폭렬 여신 라라티나야!!"

"한 명이라도 더 많은 사람에게, 노래와 춤을 전하기 위해……. 우리들, 액셀 하츠가 왕도의 무대에 서고야 말겠어!!"

아쿠아와 리아가 투쟁심을 드러내며 눈싸움을 벌였지만…… 두 사람 다 무대에 서지 않고 관객석에 있었다.

2차 심사는 무대 위에서의 체력 승부인데, 각 유닛에서 뽑힌 대표자 한 명만 참가하기 때문에 다른 멤버는 무대 밖에서 응원하고 있었다.

대표로 뽑힌 이는 다크니스와 시에로였다.

"훅, 훅, 훅⋯⋯ 윗몸 일으키기라면 얼마든지 할 수 있다!!"

"역시 크루세이더군요! 하지만 저도 지지 않겠어요!!"

두 사람은 상상을 초월하는 속도로 윗몸 일으키기를 하고 있었다. 그뿐만 아니라, 태연하게 대화를 나눌 여유까지 있어 보였다.

"두 사람 다 천 번 넘게 했는데⋯⋯. 아직 페이스가 떨어지지 않네요. 같은 여자의 체력이라는 게 믿기지 않아요."

"옷 위로는 안 보이지만, 두 사람 다 복근이 쫙쫙 갈라져 있는 거 아냐? 엄청 딱딱할 것 같아."

"누, 누가 식스팩이 있다는 것이냐!"

"맞아! 나도 여자애니까, 그런 말 들으면 상처 입는단 말이야!"

메구밍과 에리카의 목소리가 들린 건지, 두 사람이 동시에 반론했다.

"2차 심사인 체력 승부도 클라이맥스입니다⋯⋯. 액셀 하츠의 시에로와 폭렬 여신 라라티나의 다크니스. 어느 쪽이 더 마초일까요?"

""마초라고 부르지 마~!!""

사회자의 말에 두 사람이 동시에 고함을 질렀다.

8

아쿠아 일행은 생각보다 선전하면서, 2차 심사를 통과했다. 그리고 맞이한 지력을 시험하는 3차 심사에서도—.

“답변자는 5초 안에 답해 주십시오. 그럼 문제를 드리겠습니다. 최강의 공격마법이라 불리는—.”

“저요!!”

사회자가 문제를 끝까지 말하기도 전에, 메구밍이 손을 들었다.

“오오, 빠르군요. 폭렬 여신 라라티나, 답해주시죠!”

“나에게 이런 문제를 내는 건 우행 그 자체! 암흑보다 어둡고 어둠보다 짙은 칠흑에, 심홍의 혼돈을 바랄지니—.”

“실격, 타임 오버입니다.”

“뭐라고요?!”

하아~, 괜히 서두가 기니까 그런 거야.

“다시 문제를 말씀드리겠습니다……. 최강의 공격마법이자, 엉터리 마법이라고도 불리는 마법은 뭐죠?”

“으음…… 폭렬마법!”

“정답입니다!! 액셀 하츠, 10포인트!!”

에리카가 어부지리를 취했나.

“틀렸어요! 폭렬마법은 엉터리 마법이 아니니까요! 제가 이 자리에서 그걸 증명해주죠!!”

그 대답에 불만을 품은 메구밍이 지팡이를 꺼내 들며 영창을 시작했다.

“큰일 났다, 정신 나간 폭렬걸이야!! 재를 말려!”

심사위원들은 이것도 캐릭터 어필의 일환이라고 생각하는 것 같지만, 관객석에 있던 액셀 주민들은 일제히 메구밍에게 달려들어서 지팡이를 빼앗았다.

“누가 정신 나간 폭렬걸이라는 거예요!! 아, 안 돼~! 지팡이를 돌려주세요!”

“저렇게 열렬한 팬을 잔뜩 거느리고 있구나. 의외로 인기가 많나 보네……. 하지만 귀여움으로는 절대 안 질 거야!”

감탄한 에리카는 더욱 투지를 불태웠다. 완벽한 착각이지만, 열의가 샘솟은 것 같으니 잘 됐다고 치자.

이런저런 문제를 일으키면서도 주목을 모으는 아쿠아 일행을 보니, 어쩌면 진짜로 우승할 수 있을지도 모른다는 어렴풋한 기대가 샘솟았다. 하지만—.

“최종 심사를 받을 마지막 한 팀은…… 액셀 하츠입니다아아아아!!”

“우리가, 최종 심사를……!”

“뭐, 당연하잖아. 이렇게 귀여운 내가 있는걸. 아앗, 귀엽다는 건 죄야!!”

“탈락한 아쿠아 씨의 팀 몫까지, 열심히 하겠어요.”

—지극히 당연한 결과였습니다. 뭐, 당연하긴 해.

"어째서야! 어째서냔 말이야!!"

"진정해라, 아쿠아. 애초에 무희로서 무대에 선 경험이 없는 우리가 여기까지 올라온 것만으로도 충분히 잘한 편에 속할 거다."

"그래요. 그렇다고 저희가 떨어진 게 이해되는 건 아니지만요."

아쿠아가 응석을 부리자, 메구밍과 다크니스가 위로했다.

……타당한 결과라고 생각하거든? 이 정도면 잘한 거라고.

자, 마음을 다잡자. 이제부터 믿을 건 리아 일행뿐이다!

"가슴을 펴. 너희는, 내가 아는 이들 중에서 최고의 무희야! 각자의 꿈을 이루기 위해, 본선 출전 자격을 거머쥐라고!!"

"가, 감사해요. 저, 정말 최선을 다할게요! 본선에 나가서, 언젠가 남성 공포증을 고치고 말 거예요!"

"나는, 왕도의 무대에 서서……. 아빠와 엄마가 귀여운 나를 찾아오게 할 거야!!"

"나, 나는……."

시에로와 에리카는 포부를 밝히자, 리아는 약간 당황한 듯한 기색을 보였다.

"그러고 보니 리아가 무희로 활동하는 이유는 못 들었네. 두 사람은 알아?"

"리아가, 무희로 활동하는 이유……?"

"이제까지 신경 쓴 적이 없어."

오랫동안 알고 지낸 두 사람도 모르는 건가.

"……내가 무희로 활동하는 건…… 액셀 하츠가 기억을 잃은 나에게, 있을 곳을 만들어줘서야. 게다가—."

"곧 최종 심사를 시작하겠습니다. 합격자 여러분은 무대 뒤편의 대기실로 모여 주십시오."

"아, 시간이 됐구나……. 그럼 다녀와. 리아의 이야기는 나중에 들을 테니까, 꼭 해달라고."

리아가 기억을 잃었다는 발언, 그리고 동기가 신경이 쓰이기는 하지만 지금은 심사에 집중해줬으면 한다.

"……그래. 이야기는 최종 선고가 끝난 후에 마저 하자. 반드시 본선에 출전하고 말겠어."

"응. 지지 말라고!"

9

액셀 하츠는 온 힘을 다해 노래와 춤을 선보였고, 모든 유닛이 퍼포먼스를 마쳤다. 최종 예선은 결과 발표만을 앞두고 있었다.

"우리, 최선을 다했지……?"

"손님들도 즐거워한 것 같은데, 결과는 어떻게 될까요……?"

최종 선고를 앞둔 이들은 무대에 서서 긴장된 표정으로 결과 발표를 기다리고 있었다.

관객석에서 기다리고 있는 내가 할 수 있는 건 이제 없다. 이렇게 되면, 기도할 수밖에 없다! 부탁이야!

"엄정한 심사 결과가 방금 나온 듯합니다. 심사위원께, 우승자 발표를 부탁드리겠습니다!!"

무대 위의 액셀 하츠와 우리는 심사위원을 주목했다.

꿀꺽, 하고 누군가가 침을 삼키는 소리가 들렸다.

"그럼 발표하지. 무희 콘테스트의 액셀 예선을 통과하고, 본선에 출전할 자격을 얻은 건—."

괜히 뜸 들이지 말고, 빨리 말하라고!

리아 일행은 너무 긴장해서 얼굴이 새파랗게 질렸단 말이다.

"바로…… 액셀 하츠~!!"

"……!!"

서로의 얼굴을 쳐다본 세 사람은 무슨 말을 하려 했지만, 너무 기쁜 나머지 말이 안 나오는 것 같았다.

그녀들은 그저 아무 말 없이 부둥켜안았다.

좋았어, 본선 출전 확정! 드디어 10억 에리스에 한 걸음 다가섰어……. 목표는 빚 청산!!

아쿠아 일행도 자기 일처럼 기뻐하고 있었다.

환성이 잦아들고, 드디어 행사장이 진정된 타이밍에 목소리가 들려왔다.

"호오, 마침 끝난 건가요. 좀 더 일찍 왔다면 다양한 무희의 무대를 볼 수 있었겠군요."

묘하게 차분한 남성의 목소리였다. 게다가, 그 목소리에 섞여서 들려온 것은—.

"어? 이 목소리는 뭐야. 그리고 이 날갯짓 소리는 어디서 들려오는 거지?"

"위쪽이에요! 하늘을 나는 저건…… 새?"

"아냐, 와이번이다! 등에 누군가를 태우고 있어!!"

동료들의 목소리를 듣고 고개를 들어보니, 와이번이 공중에 떠 있었다.

그리고, 그 등에는 옷을 잘 차려입은 신사 느낌의 남성이 타고 있었다.

"하악하악, 진짜 리아예요……! 실물로 보는 리아의 허벅지는 역시 눈부시군요! 부비부비하고 싶을 정도입니다!!"

욕망에 찬 말을 입 밖으로 토해낸 그는 황홀한 표정으로 리아를 핥듯이 쳐다보고 있었다.

이 자식, 그냥 신사가 아니라 변태 신사인 거냐!

"허벅지?! 부비부비?! 무슨 소리를 하는 거야……?!"

"헉…… 죄송합니다. 저답지 않게 무심코 흥분했군요. 소개가 늦었습니다. 저는 다니엘이라고 합니다."

그 이름은 왠지 귀에 익었다. ……다니엘이라면, 설마……?! 위즈가 말했던 전직 마왕군이자 간부 후보였다는 그 녀석이야?!

"다니엘…… 그러고 보니 악수회 때 난입한 트롤의 상사구

나. 우리한테 무슨 볼일이지?!"

리아가 용감하게 상공을 손가락으로 가리키고 있지만, 상대방의 변태성에 겁먹은 것인지 시에로의 등 뒤에 숨어 있었다.

"팬에게 못 하는 말이 없군요……. 하지만 그런 당신도 싫진 않습니다. 역시 제 최애인 리아예요."

이, 변태 신사가…… 진짜로 엄청난 실력자긴 한 걸까……?

"리아가 최애……. 찰리라는 이름의 트롤은 시에로가 최애……. 어째서, 가장 귀여운 내가 최애인 녀석이 없는 건데!"

"저한테 그런 소리를 해봤자 아무 의미 없지 않을까요."

어처구니없는 이유로 발끈한 에리카가 다니엘을 향해 고함을 질렀다.

"아~, 오늘은 제 최애인 리아가 속한 액셀 하츠를 제 성으로 초대하러 왔습니다."

"초대한다고 갈 것 같아?! 네 부하인 트롤이 우리의 왕도 투어를 망친 걸 똑똑히 기억하고 있거든?!"

에리카의 말이 옳다. 이런 변태의 초대에 넙죽넙죽 따라가는 바보는 없었다.

"……그렇습니까. 유감이군요. 거친 짓은 하고 싶지 않았습니다만—."

와이번의 등에서 뛰어내린 다니엘은 아무렇지 않게 지면에 착지했다.

그리고, 머리에 쓴 모자를 집어 던지면서 상반신을 젖혔다.

"그오오오오…… 오오오오오오오오오오오오오!!"

"되게 시끄럽네. 이 자식도 변신하는 거야? 하아~. 질리겠어, 정말. 또 그 꼴사나운 모습이 되는 거야?"

아쿠아, 좀 긴장감 좀 품어.

시에로가 최애라는 일전의 트롤도 성가셨지만, 이 녀석은 그 트롤의 상사다. 마왕군 간부 후보였다는 게 사실이라면, 그 힘은—.

다니엘의 몸이 부풀어 오르기 시작했다. 옷을 찢으면서, 강인하기 그지없는 육체가 드러났다.

붉은 눈동자와 날카로운 송곳니를 보자마자 알 수 있었다. 이 자식이 강적이라는 걸 말이다!

"이 모습을 보인 게 몇 년 만인지 모르겠군요……. 트롤 로드의 힘을 똑똑히 보여드리죠!!"

"트, 트롤 로드?!"

메구밍이 눈을 치켜뜨며 놀랐다. 트롤 로드라는 건 그렇게 대단한 거야?!

"자, 같이 가주실까요……. 액셀 하츠의 무희 여러분!!"

"히, 히이익……!!"

세 사람은 서로를 끌어안은 채 떨고 있었다.

흉악한 겉모습을 지닌 괴물이 저런 소리를 했으니, 겁을 먹는 것도 당연했다.

"멈춰! 저 애들을 건드리지 마!!"

"카즈마……!! 숨지 않고 그렇게 말했으면 멋있었을 거야."

나는 다니엘의 앞을 막아선 다크니스의 등 뒤에 숨은 채, 큰 목소리로 외쳤다.

"이 애들은 내 돈줄……이 아니라 동료야! 간단히 넘겨줄까 보냐!!"

"……카즈마, 방금 돈줄이라고 했어?"

귀가 밝은 아쿠아가 도끼눈을 뜨며 나를 쳐다봤다.

"그런 소리 안 했거든? 다들, 가자! 리아 일행을 지켜!!"

"방어는 나에게 맡겨다오! 저 흉악하고 음탕해 보이는 면상을 보아라! 게다가 무시무시한 변태 발언을 쏟아내고 있지 않느냐. 아앗, 그 욕망이 나를 향할 거라 상상만 해도…… 끝내주는구나!"

오~, 멋진 미소를 지으며 앞으로 나서주는걸. 변태 승부라면, 우리도 안 진다고.

"호오, 당신도 매우 뛰어난 외모를 지녔습니다만…… 제 취향과는 너무 동떨어져 있군요. 제가 추구하는 무희란 건 전함과 건강미를 겸비한 존재입니다. 당신처럼 쓸데없이 색기만 넘치는 몸은 거론할 가치가 없어요."

"큭, 헐뜯기고 있는데도, 느끼고 마는 내 몸이 원망스러워!"

"잘 들으세요. 가슴과 엉덩이는 크면 클수록 좋은 건—."

다니엘은 이상적인 무희에 관해 논하기 시작했다.

"아니, 가슴과 엉덩이의 크기는 중요하거든?"

그런 다니엘의 말을 끊으며 난입한 이는— 더스트?!

그러고 보니, 이 행사장에 있었지…….

"너도 가슴이 큰 여자가 눈에 들어오면, 무심코 쳐다보지 않아?"

"그건 그렇습니다만, 저는 가슴보다 허벅지에 끌리는 편이죠."

"아~, 확실히 늘씬하게 쭉 뻗은 다리도 좋긴 해. 응, 이해한다고. 하지만 말이야. 걸음을 옮길 때마다 튕기듯 출렁거리는 가슴, 유혹하듯 흔들리는 엉덩이를 상상해봐."

"으으음, 부정은 못 하겠군요. 하지만—."

이 자식들…… 싸우면서 저런 대화를 나누고 있어.

차마 못 들어줄 내용이지만, 지금은 시간을 벌고 싶으니 방해하지 말고 내버려 두자.

언동과 다르게 상당한 강적인 건 틀림없다. 미츠루기가 있다면 떠넘기고 싶지만, 그 자식은 돌아가 버렸다. 정말이지, 중요한 순간에 도움이 안 되는 놈이라니깐!

이렇게 되면 저 자식을 해치울 방법은 딱 하나뿐이다.

"메구밍, 폭렬 준비를 부탁해."

"써도 되나요?!"

실외지만 마을의 광장에서 폭렬마법을 날리면 문제가 된다. 하지만 그 대책이라면 이미 생각해뒀다.

"그래, 상관 없어. 주변의 피해까지 전부 다니엘에게 덮어씌우면 돼!"

현재 다크니스가 방어를 혼자 맡아주는 덕분에 동료들이 공격에 전념할 수 있어서 대미지를 입히고 있지만, 숨통을 끊어주는 건 무리인 상황이었다.

밀리는 상황인 우리는 실외 무대에서 서서히 후퇴하면서도, 어찌어찌 버티고 있었다.

"큭, 꽤 하는군요……. 하지만, 이 정도로는 저를 해치울 수 없습니다!!"

"카즈마 씨, 어쩌지? 이 녀석, 꽤 강한 것 같은데……."

아쿠아가 당황했다.

상대가 언데드 계열이라면 아쿠아의 마법이 잘 먹히지만, 트롤이 상대여선 지원 마법이나 쓸 수밖에 없다.

"역시 마왕군의 간부 후보였던 남자네. 겉모습은 전혀 귀엽지 않지만……."

"그리고 귀축스러움도 부족하구나……. 마왕군이라면, 내 갑주를 홀라당 벗겨서 수치스럽게 만들어보란 말이다!"

"겉모습이니 귀축이니 하는 건 저와 상관 없습니다! 금방 그딴 헛소리를 늘어놓지 못하게 만들어드리죠……."

다니엘은 에리카와 다크니스의 뚱딴지같은 지적을 듣고 발끈했다.

……슬슬, 적당한 타이밍인가. 시간 벌이에 어울려줘서 고

마워!

“헛소리를 늘어놓지 못하게 되는 건, 바로 너야!!”

“음? 이 강대한 마력은 뭐죠?”

“암흑보다 어둡고 어둠보다 짙은 칠흑에 심홍의 혼돈을 바랄지니—.”

“아니, 이건…….”

영창을 하는 메구밍의 지팡이 끝에 방대한 마력이 응축됐다.

그것을 본 다니엘이 경악하며 얼굴을 일그러뜨렸다.

관객을 피난시키면서, 고전하는 척 마을 밖으로 적을 유인한다. 작전대로다!

여기라면 폭렬마법에 의한 피해를 걱정할 필요도 없다.

“좋아~! 날려, 메구밍!!”

“갑니다…… 꿰뚫어라!! 『익스플로전』!!!!!!”

방대한 마력이 발사되더니, 다니엘에게 정통으로 명중했다.

“크오오오오오오오……!!”

신음이 들려왔지만, 그것도 한순간에 지나지 않았다. 다니엘을 중심으로 불기둥이 솟구치더니, 굉음과 열풍이 밀려오면서 검은 연기가 피어올랐다—.

“하아, 최고예요……. 나이스 폭렬.”

“콜록, 콜록…… 잘했어, 메구밍. 나중에 일으켜줄 테니까 잠시 누워 있어. 다들, 다친 데는 없어?”

아쿠아와 다크니스는 익숙할 테니 걱정할 필요가 없겠지

만, 문제는 폭렬마법을 처음 체험한 액셀 하츠다.

"네, 어찌어찌……."

"몇 번이나 트롤이 짐승처럼 나한테 달려들다니……. 아앗, 역시 너무 귀여운 것도 죄야……."

"고마워, 카즈마. 이건 전부 네 덕분이야."

세 사람은 흙먼지 탓에 더러워진 옷을 털면서 미소 지었다.

"다니엘을 쓰러뜨릴 수 있었던 건, 너희가 협력해준 덕분이야."

"그것만이 아냐. 예선을 통과한 것도, 무희로서 성장한 것도, 동료와 더욱 깊은 유대를 맺은 것도……. 카즈마와 만난 후로 이런저런 일이 있긴 했지만, 너한테는 진심으로 감사하고 있어."

흑심으로 이어진 관계이기는 하지만, 저렇게 진지한 표정으로 고맙다고 말해주니 멋쩍은걸.

"나는 프로듀서잖아. 고맙다는 말은 됐으니까, 콘테스트 본선에서 우승해줘……. 그게 최고의 보답이야. 기대할게, 액셀 하츠!"

""""네, 프로듀서!""""

세 사람은 진지한 눈길을 머금으며 굳은 표정으로 대답했다.

"크크크크큭…… 방금 일격은 꽤 묵직했습니다."

이걸로 전부 해결되며 끝났으면 했지만, 흙먼지가 걷히면서 보고 싶지 않은 광경을 보고 말았다.

폭렬마법이 터진 공간의 한복판에서, 다니엘이 천천히 몸을 일으켰다.

걸치고 있던 장비품이 다 날아가고 반라 상태인 온몸은 너덜너덜해졌는데도, 숨통이 끊어지지 않은 것이다.

"저 자식, 폭렬마법을 정통으로 맞고도 살아 있는 거야……?!"

"다들, 물러나라! 짐승은 상처 입었을 때가 더 무시무시한 법이지……. 상대로서 부족함이 없구나!"

앞으로 뛰쳐나간 다크니스가 다니엘과 눈싸움을 벌였다.

들떴던 기분이 확 가라앉았다. 하루에 한 번만 쓸 수 있는 폭렬마법을 썼는데도, 해치우지 못한 건 치명적이다.

이쪽은 결정타를 잃었다. 상대도 피해를 입기는 했지만, 우리의 공격이 다니엘의 방어력을 능가할 수 있을까?

"『설마 인간 따위를 상대로 이 기술을 쓰게 될 줄이야!』같은 의미심장한 소리를 하면서 비장의 수를 써봐라! 그리고 내 갑옷을 박살 낸 후, 수많은 이들 앞에서 능욕하란 말이다!"

마음이 꺾이지 않은 건 대단하지만 방금 도발은 진짜 최악이라고, 다크니스.

"이 위기 상황에서 기염을 토하다니, 역시 크루세이더답습니다……. 하지만, 지친 동료들을 감싸기 위해 자신에게 공격을 집중시키려는 술수인 게 뻔히 보이는군요."

"……윽!!"

다크니스는 입을 다물더니, 시선을 돌렸다.

멋대로 넘겨 집어줘서 고마워. 쟤는 그냥 자기 성적 취향에 따라 떠들어댔을 뿐이거든.

하지만 그 덕분에 조금 떨어진 곳에 있는 다크니스에게 주목해줬다.

"그 견고한 신념에는 감탄을 금할 수 없군요. 당신의 말대로 비장의 수를— 쓰고 싶습니다만, 제 목적은 당신들을 쓰러뜨리는 게 아니라서 말이죠."

—뜻대로 순순히 풀리지는 않나. 다크니스를 무시한 다니엘이 리아를 향해 돌아섰다.

"큭…… 다가오지 마!"

"당초의 목적대로, 귀여운 무희들을 데려가겠습니다! 그리고 성에서 저만을 위한 쇼를 선보여 주시죠."

다니엘은 성큼성큼 액셀 하츠에게 다가갔다.

그런 상대를 자신만만하게 막아선 이는— 바로 아쿠아였다.

"다들 물러나. 저 자식한테 먹여주겠어. 여신의 분노와 슬픔이 담긴 필살의 주먹, 갓블—."

"『바인드』!!!!"

손에서 튀어 나간 밧줄이 액셀 하츠를 휘감았다.

이 자식, 트롤 주제에 『바인드』를 쓸 수 있는 건가?!

"이, 이게 뭐야…… 밧줄?!"

"이렇게 꽁꽁 묶이니까, 리아 일행과 처음 같이 맡았던 퀘스트가 생각나네."

"추억에 잠길 때냐~?!"

리아의 근처에 있던 아쿠아도 밧줄에 묶이고 말았다.

그 대신, 시에로와 에리카는 묶이지 않은 것 같았다.

"호오? 무희를 노렸는데…… 이상한 사람까지 낚고 말았군요. 뭐, 저의 최애인 리아를 잡았으니 됐다고 칠까요. 이만 가죠, 와이번!!"

"자, 잠깐만! 나는 상관 없잖아! 풀어줘!"

"꺄아아아앗!!"

다니엘은 리아를 정중히 들쳐 매고, 아쿠아는 짐짝을 옮기듯 아무렇게나 들어 올렸다.

두 사람 다 벗어나려고 버둥거렸지만, 밧줄에 꽁꽁 묶인데다 다니엘과는 완력에서 차이가 났다. 그렇게 두 사람은 끌려가고 말았다.

"리아?!"

"리아……!!"

끌려가는 리아를 본 시에로와 에리카가 비명을 질렀다.

"젠장…… 다니엘!! 리아를 놔줘!!"

"잠깐만! 나도 있거든~?!"

괜한 목소리가 들려왔지만, 지금은 그걸 신경 쓸 때가 아니다.

"일단 오늘은 리아만 모셔가겠습니다. 시에로와 에리카는

후일 모셔가도록 하죠……."

"거기 서! 아쿠아는 됐으니까, 리아는 돌려줘!!"

"나는?! 소중한 동료 아냐?!"

내가 본심을 외치자, 아쿠아의 비명이 들려왔다.

"리아는 콘테스트 본선에 나가서 우승해줘야 한다고!! 너는 있으나 없으나 마찬가지니까 됐어!!"

"잠깐만, 카즈마 씨! 그게 무슨 소리야?!"

"……작별 인사는 마쳤습니까? 그럼 여러분, 안녕히 계십시오."

와이번이 날갯짓을 하자, 리아와 겸사겸사 끌려가는 아쿠아가 점점 멀어져갔다.

"시에로! 에리카!!"

""리아!!""

두 사람이 쫓아갔으나 공중에 손이 닿을 리가 없었고, 그렇게 그들 사이의 거리는 점점 벌어졌다.

"까~쯔~마~ 씨이이이이이!!"

걱정하는 이들의 마음을 비웃듯, 와이번은 리아와 아쿠아를 데리고 구름 너머로 사라졌다—.

제4장

1

무희 콘테스트의 액셀 최종 예선 도중…….

아쿠아와 리아가 다니엘에게 끌려가고, 사흘이 흘렀다—.

"아아…… 살 것 같다~."

노천 온천에서 올려다본 푸른 하늘에는 구름 한 점 없었다.

지친 몸과 마음이 치유되는 것이 느껴졌다.

"저기~, 카즈마~? 진짜로 온천이나 즐기고 있어도 될까요~?"

남탕과 여탕을 가리는 울타리 너머에서, 메구밍의 목소리가 들려왔다.

"어쩔 수 없잖아~? 잡혀간 건 안 됐지만, 어디 있는지도 모르는걸."

"이러는 동안에도 아쿠아와 리아는 그 트롤들에게 홀라당 벗겨져서…… 크으윽!!"

"다크니스, 온천에서 흥분했다간 현기증 날 거예요."

"군살 덩어리인 거구의 트롤 두 마리에게 당하는 건가?! 정말 부럽…… 아니, 잔인한 짓이구나!! 나도, 제발 나도…… 으으~ 보글보글보글……."

"아아아아아! 카즈마! 다크니스가 뻗어버렸어요!"

여탕 쪽이 시끌벅적했다.

리아를 대신해 다크니스가 끌려갔다면, 재한테는 포상이었을 텐데 말이다.

2

"으윽, 아직도 어질어질하구나……."

"그래서 제가 현기증 날 거라고 말했잖아요."

온천의 휴게실에 뻗어 있는 다크니스를 향해 메구밍이 부채질을 해주고 있었다.

"왠지, 생각했던 것보다 여유가 있어 보이네."

갑자기 들려온 목소리에 허둥지둥 고개를 돌려보니, 볼에 조그마한 칼자국이 나 있는 은발 미소녀— 크리스가 있었다.

"누구인가 했더니, 크리스구나."

"그 말은 좀 섭섭하네. 나, 그 건과 관련 있는 정보를 가지고 있는데 말이야."

그렇게 말한 크리스는 팔짱을 끼더니, 자신만만한 미소를 머금었다.

"정보라면—."

"응. 카즈마가 의뢰한, 리아와 아쿠아의 수색 요청 건이야. 두 사람이 어디 있는지 알아냈어."

"정말이야?! 빨리 알려줘!"

이렇게 빨리 찾아낼 거라고는 생각도 못 했다. 역시 크리스다. 도적으로서의 솜씨도 뛰어나지만, 정보 수집 능력도 정말 대단했다.

"가르쳐주는 건 좋지만, 약속했던 답례는 어쩔 거야?"

"감사합니다."

"말로 때우려고 하지 말아줄래?!"

크리스는 손가락으로 동그라미를 만들더니, 나를 향해 따졌다.

보수를 원한다는 건가. 크리스는 돈을 밝히지는 않지만, 약속에는 엄격하지.

큭, 또 빚이 늘어나게 됐지만 어쩔 수 없다.

아쿠아는 몰라도, 리아는 구해야만 한다. 리아를 되찾고, 콘테스트에서 우승! 그게 빚을 갚는 최단 루트일 테니……

그래!

"저기, 괜찮다면 크리스도 끼지 않을래? 유능한 크리스도 같이 가준다면 든든할 것 같거든."

"그런 칭찬에 안 속거든? 우선 줄 돈부터 준 후에 그런 이야기를 하는 게 어때?"

크리스가 얼굴을 더욱 내밀었다.

이야기를 돌려서 얼버무리려 했지만, 역시 쉬운 상대가 아닌가.

"뭐~, 좋아. 도와줄게. 그 애들이 끌려간 성에는 엄청난 보물이 잠들어 있다는 소문이 있거든. 도적으로서 그냥 넘어갈 순 없잖아. 게다가 끌려간 선배…… 두 사람도 걱정돼. 그리고, 다니엘이란 트롤한테는…… 신경 쓰이는 점이 있어."

"신경 쓰이는 점이 뭐야?"

"그건 비밀이야."

크리스는 검지를 세우며 윙크했다.

더 캐물어봤자 이야기해줄 것 같지 않았기에, 이야기는 이쯤에서 끝내기로 했다.

"자, 그럼 출발하자!"

온천에서 기분전환을 한 후에 의기양양하게 출발하려던, 바로 그때였다. 휴게실의 문이 힘차게 열어젖혀졌다.

"카즈마 씨! 하아, 하아…… 다행이야, 아직 있었군요~."

숨을 헐떡이며 뛰어 들어온 이는 시에로와 에리카였다.

"너희들, 무슨 일이야? 액셀에서 기다리고 있으랬지?"

수색은 우리에게 맡기라고 말해뒀는데 말이다.

"하지만, 리아를 구하러 가는 거잖아? 어떻게 가만히 있어! 우리도 데려가 줘!"

"하지만 적의 목적은 너희들, 무희라고. 그런 너희를 데려간다는 건 오리가 파를 짊어지고 잡아먹어달라고 찾아오는 격인데……."

심정은 이해하지만, 그랬다간 상대의 뜻대로 될 수도 있다.

"위험하다는 건 알아. 하지만 잠자코 있을 순 없어. 리아는 우리의 소중한 동료인걸……. 그렇지? 시에로."

"이, 이제, 보호받기만 하는 건 싫어요! 게다가, 이건 저희들 액셀 하츠의 문제인걸요!! 부탁이에요! 저희도 데려가 주세요!"

시에로가 나에게 다가와서 손을 잡으려 하자, 아슬아슬하게 그녀의 손을 피했다.

남자를 질색해서 만질 수 없다는 것도 잊을 만큼, 감정이 격앙된 걸까.

"의지가 강한 것 같네요……."

"아니야. 강한 건 의지가 아니라, 동료들의 유대겠지. 에리카 일행은 그 정도로 리아를 소중하게 여기는 것이다."

이 상황에서는 저 애들을 설득하는 게 쉽지 않겠는걸. 게다가 지금은 1분 1초가 아까워…….

"하아, 정말! 알았어! 같이 가자!"

3

"저기, 크리스. 목적지는 아직도 먼 거야~?"

산길을 걷기 시작하고 얼마나 흘렀을까. 솔직히 말해, 이미 녹초가 됐다.

주위를 둘러봐도, 산과 바위밖에 보이지 않았다. 풀과 나무조차 자라지 않는 이 험한 길을, 하염없이 나아가고 있었다.

“사전 조사에 따르면, 거의 다 왔을 거야. 성이 슬슬 보이기 시작할걸?”

선두에 선 크리스는 눈을 가늘게 뜨며 먼 곳을 쳐다봤다.

“저의 동료를 납치하다니, 어리석기 그지없군요! 좋아요. 성이 보이자마자, 제 폭렬마법으로 끝장을―.”

“안 돼! 아쿠아와 리아까지 휘말리면 어쩔 건데?!”

이렇게 걸었는데, 아직도 기운이 넘치는 거냐.

“아쿠아 일행이 능욕을 당하기 전에……!!”

리아의 안부는 걱정되지만, 아쿠아는 그다지 걱정되지 않았다.

그 애라면 무사할 것 같은 느낌이 들거든.

“납치할 거면 가장 귀여운 나를 납치해야 했다는 걸, 오늘이야말로 그 트롤들에게 똑똑히 가르쳐주겠어!”

“으으, 성안에 남자가 잔뜩 있으면 어쩌지…….”

나도 남 말할 자격은 없지만, 이 애들은 긴장감이 눈곱만큼도 없는걸. ……이런 파티로 괜찮은 걸까? 슬슬 불안이 엄습했다.

“앗, 다니엘의 성이 보이기 시작했어요!”

메구밍이 망토를 펄럭이며 호들갑스럽게 손가락을 가리킨 곳에는, 사람 발길이 닿지 않는 깊은 산속과는 어울리지 않는 어엿한 성이 존재했다.

"우와~, 상상했던 것보다 더 멋진 성이잖아."

성을 본 크리스가 탄성을 흘렸다.

확실히, 저런 성이라면 보물이 산더미처럼 있어도 전혀 이상할 게 없다. 하지만, 이 자리에 있는 멤버를 다시 돌아보니…….

……동료를 구하기 위해 강적에게 도전하는, 그런 숭고한 목적을 지닌 일행처럼 보이진 않았다. 이 멤버 중에서 제대로 싸울 수 있는 건 나뿐인 듯 하다.

"큭, 불안하기 그지없지만 여기까지 왔으니 할 수밖에 없나! 다들, 마음 단단히 먹고 가자!"

4

"자, 침입하기는 했지만 문제는 걔들이 이 커다란 성의 어디에 잡혀 있느냐는 거네."

몰래 숨어든 성의 복도는 비정상적일 정도로 폭이 넓었고, 그 끝이 보이지 않을 만큼 길었다.

천장도 높은 것은 거구인 트롤이 자유롭게 활동할 수 있도록 크게 배려한 것일까, 아니면 부자가 돈 자랑삼아 이렇게 만든 것일까.

"분명 지하에 있을 거예요! 용암이 흐르는 땅속에 견고한 감옥을 만들어뒀을 거예요!"

"리아는 거기서 알몸으로 갇혀 있겠지. 마왕군 간부 후보

쯤 되는 자라면, 그 정도 소양은 갖추고 있을 거다."

너희는 이런 상황에서도 정말 변함이 없구나.

"두 사람 다, 불길한 소리 좀 그만하세요! 안 그러면 확 두들겨 패버릴 거예요!"

시에로가 주먹을 말아 쥐며 다가가자, 두 사람은 즉시 사과했다.

"아무튼, 한시라도 빨리 리아를 구출하자! 무희 콘테스트 본선까지 며칠 안 남았잖아."

나는 에리카의 말을 듣고 힘차게 고개를 끄덕였다.

본선 전에 구출하지 못하면 말짱 꽝이다.

"두 사람을 구한 후라도 괜찮으니까, 내게 시간 좀 줄래? 보물이 있는지 조사를 해보고 싶어."

"그래, 좋아. 하지만 리아의 탈환이 최우선이거든? 그 점을 명심해줘."

"알아. 나도 걔들을 구하고 싶거든."

본심을 털어놓자면, 나도 보물 탐색을 하고 싶다. 조금이라도 빚 청산에 도움이 될 만한 것을 손에 넣고 싶다.

"좋아! 그럼 빨리 리아를 구출해서 돌아가자!"

"저기, 아쿠아도 까먹지 말아 주세요……."

무슨 소리 하는 거야, 메구밍. 기억하고 있다고. ……정말이거든?

5

“저기, 아까부터 말할까 말까 고민한 건데…… 여긴 대체 어디야?”

그 후로 성안을 담색했지만, 우리는 누구와도 마주치지 않으며 그저 내부를 방황하기만 했다.

선두에 서서 앞장서던 크리스가 멋쩍은 표정을 지었다.

“으음~, 어디일까~?”

“어이.”

“어쩔 수 없잖아. 이 성을 발견하기는 했지만, 성안의 구조까지는 몰라. 그리고, 하나부터 열까지 남한테 의지하기만 해선 성장할 수 없거든?”

왜 길을 헤매고 있는 크리스가 잘난 척을 하는 거냐고.

“그럼 대답해 보라고! 크리스가 당당하게 앞장을 서길래, 길을 잘 안다고 생각했거든?!”

지금은 책임 추궁이나 할 때가 아닌가. 이렇게 되면 흩어져서 성안을 뒤지는 편이 나을지도 모른다.

“—앗, 카즈마 씨, 카즈마 씨.”

“시에로, 나 지금 생각 중이니까 할 말 있으면 나중에 해.”

“하지만, 그게, 저기 좀 보세요.”

하도 끈질기게 굴어서 생각을 멈추며 고개를 들어보니, 복도 한복판에 거대한 물체가 존재했다.

"저건……."

딱 봐도 그 찰리란 이름의 민폐 팬 트롤이네. 지금은 인간 상태라서 중년 배불뚝이 남자처럼 보이지만 말이다.

경계하면서 무기를 들었지만, 상대는 꼼짝도 하지 않았다.

"……카즈마, 왠지 자는 것 같지 않아요?"

"어이어이, 메구밍. 그럴 리가 없잖아."

어처구니없다고 웃으면서도, 혹시나 싶어서 『엿듣기』 스킬을 써보니…… 코 고는 소리가 들렸다.

"진짜로 잠들었네. ……좋아, 이참에 해치워버리자!"

"잠든 상대를 공격하는 것이냐?! 그건 너무 비겁하지 않을까?"

"목소리 낮춰, 다크니스. 잘 들어. 싸움에서 중요한 건 과정이 아니라 결과야. 게다가 상대는 유괴범이지. 정의는 우리에게 있어! 정의라는 말 아래에서는 그 어떤 짓도 허락된다고."

고지식한 다크니스는 내 설득을 듣고도 납득할 수 없는지, 인상을 찡그렸다.

남은 동료들도 비난의 시선을 나에게 보냈지만, 내가 슬금슬금 찰리에게 다가가니 내키지 않아 하면서도 뒤따라왔다.

"시에로 양…… 우히히히……."

몇 걸음만 더 나아가면 공격이 가능한 범위에 들어갔을 때, 찰리가 기분 나쁜 소리를 중얼거렸다.

"아차, 들킨 건가요?!"

메구밍이 지팡이를 고쳐 쥐었다. —하지만, 찰리는 깨어나지 않았다.

아무래도 잠꼬대를 한 것 같은데, 메구밍의 방금 말에 반응한 건지 눈을 비볐다.

바로 그때, 가장 가까운 곳에 있던 시에로가 찰리와 시선이 마주치고 말았다.

"……………………꿈?"

눈앞의 광경이 믿기지 않는 건지, 크게 고개를 갸웃거리며 눈을 깜빡이고 있었다.

"그래. 시에로 양을 너무 생각한 바람에 꿈에도 나온 거구나……. 그런데 언제 잠든 거지? 뭐, 됐어. 꿈이라면 무슨 짓을 해도 되겠지? 우오오오, 시에로 양~!!"

찰리가 갑자기 달려들었다.

"싫어어어어어어어어어어어어어어어!!"

"꾸엑?!"

몸이 닿자마자 날린 오른손 펀치가, 찰리의 안면에 클린 히트했다.

체중이 차이 나는데도 불구하고, 찰리는 그대로 복도의 벽까지 날아갔다.

"크으……. 이 펀치의 감촉, 꿈이 아냐?! 진짜 시에로 양이 어째서 여기 있는 거야?"

그 일격을 맞고 완전히 정신을 차린 찰리가 주위를 둘러보며 상황을 확인했다.

"어이, 시에로. 선제공격을 날린 건 좋은데, 이제부터 어떻게 할 거야?"

일제 공격으로 해치운다는 작전은 이제 무리다.

"헉, 이놈들! 대체 어떻게 여기에 온 거냐?!"

방금 공격으로 해치울 수 있었다면 좋았겠지만, 일은 쉽게 풀리지 않았다.

"역시 몰래 리아와 아쿠아를 탈환하는 건 무리였나 보군. 전위는 나에게 맡겨라."

"들켰으니 어쩔 수 없죠. ……나의 이름은 메구밍! 폭렬마법을 펼치는 자이자, 리아와 아쿠아를 탈환하려는 자!"

다크니스와 메구밍은 이런 돌발 사태에 익숙해서 그런지, 금방 마음을 추스르며 전투태세를 취했다.

"인질과 숨겨둔 보물이 어디 있는지 알려주겠어?"

"흥, 이래 봬도 나는 다니엘 님의 측근이다. 그렇게 쉽게 정보를 흘릴 것 같냐?"

크리스의 질문에, 찰리는 코웃음으로 답했다.

그렇겠지. 「가르쳐 주세요」, 「물론이죠」 같은 식으로 풀릴 리가 없다.

"리, 리아는 어디 있는 거야?!"

"이 안쪽의 방에 있어, 시에로 양."

"……바로 털어놓네."

이 자식, 진짜 문제아네.

"…………이 교활한 자식들! 교묘한 술책으로 나한테서 정보를 뜯어내다니……!"

"저기, 돼지 아저씨? 사람 말을 알아듣는다고 우쭐대지 말아 줄래?"

리아가 유괴당한 탓에 울분이 쌓인 건지, 에리카의 어조가 평소보다 훨씬 매서웠다.

"가, 감히 나를 돼지라고 불러?! 나는 오크가 아니라, 긍지 높은 트롤이다!! 뭐, 좋다……. 고대 병기의 부활 의식을 치르기 전에 에리카와 시에로를 손에 넣는다면, 다니엘 님도 흡족해 하시겠지!"

고대 병기의 부활? 의식을 치르기 전?

그야말로 불길한 단어의 대행진이네.

"불길한 예감이 적중했어……."

크리스가 혼잣말을 중얼거렸지만, 잘 들리지 않았다.

"어이, 찰리. 그게 무슨 소리야—."

내 질문이 들리지 않는 건지, 찰리는 발에 힘을 주며 버티는 듯한 포즈를 취하며 울부짖었다.

"오…… 오오…… 오오오오오오……!! 우갸아아아아아아아아아아아아아아!!"

찰리가 인간의 모습에서 트롤로 변모했다.

"질리지도 않고 또 정체를 드러내는 거냐!"

"우와……. 오래간만에 보는 거지만, 우와……."

에리카가 진심으로 기분 나쁘다는 표정을 지으며, 뒷걸음질을 쳤다.

"그, 그 리액션은 뭐냐……?"

"잠깐, 다가오지 마! 기분 나빠, 기분 나빠! 하나도 귀엽지 않아!!"

"뭐…… 기분, 나빠?"

그 반응에 충격을 받은 건지, 찰리는 무릎을 감싸 쥐며 몸을 동그랗게 말았다.

"에, 에리카. 상대방이 충격을 많이 받은 것 같아. 사과하는 편이……."

"그러는 시에로는 어떤데? 변신한 몬스터 형태, 엄청 기분 나쁘게 생기지 않았어?"

시에로는 그 말을 듣더니, 찰리를 지그시 관찰했다.

그 시선을 느낀 찰리가 기대에 찬 눈길로 시에로를 응시했다.

"기, 기분 나쁜 정도는 아니지만……. 확실히, 귀엽진 않네."

"귀, 귀엽지 않…… 시에로 양에게, 귀엽지 않단, 말을……. 어어어, 어째서……."

최애인 시에로에게 결정타를 맞은 찰리가 복도에 넙죽 엎드리더니, 엉엉 울기 시작했다.

"울음을 터뜨렸네요. 좀 불쌍하단 생각이……."

"무슨 소리를 하는 거야, 메구밍. 다들, 지금이 기회라고!!"

칼을 뽑아 든 나는 앞장을 서며 몸을 날렸다. 하지만, 동료들은 그 자리에서 움직이지 않았다.

"……뭐야. 할 말 있으면 해보라고."

다들 아무 말도 하지 않았지만, 표정은 완전히 질려 있었다.

"저기, 상대가 악당이라고 말했지? 이 녀석한테 이기고 리아가 어디 있는지 알아내야 구출할 거 아냐."

"그, 그래."

"리아를 구출하기, 위해서예요."

에리카와 시에로는 동료를 구출하기 위한 일이라고 생각하며 마음을 다잡은 건지, 내 뒤를 따랐다.

"카즈마, 아쿠아도 좀 언급해 주세요……."

"설마, 진짜로 아쿠아를 잊은 건 아니겠지……?"

앗, 그러고 보니 아쿠아도 잡혀갔었지. 리아를 구출할 생각으로 머릿속이 가득 찬 바람에 깜빡했다.

"무, 물론 깜빡한 건 아냐. 좋아. 동료를 위해 마음을 독하게 먹어!"

"우에에에에에에에에에에에엥!!"

심각한 충격 탓에 엉엉 울고 있는 찰리의 등 뒤로 다 같이 몰래 다가간 후—.

6

뭇매질로 쓰러뜨린 찰리를 꽁꽁 묶은 후, 두 사람이 있는 곳을 알아낸 우리는 문제의 그 방 앞에 도착했다.

"여기가 바로 찰리가 말한 방이네요. 잠겨 있는 것 같은데……."

"물러나라. 이 정도 자물쇠는…… 하앗!!"

양문형 문 앞에서 귀를 쫑긋 세우고 있는 메구밍과 자리를 바꾼 다크니스가 오른쪽 손잡이를 움켜잡았다.

"저도 도울게요."

시에로가 그렇게 말하며 왼쪽 손잡이를 움켜잡았다. 두 사람은 동시에 고개를 끄덕이더니, 호흡을 맞추며 문을 잡아당겼다.

우지끈하는 소리를 내면서 자물쇠가 부서지더니, 문이 활짝 열렸다.

"역시 마초 콤비네."

""마초 아냐!""

에리카에게 화내는 두 사람이 성가셨기에, 나는 그 옆을 지나치며 안으로 들어갔다.

"아쿠아, 리아. 무사해…… 윽?!"

방 안에 감도는 냄새를 맡고, 나는 무심코 코를 움켜잡았다.

가구는 박살 났고, 곳곳에 쓰레기가 쌓여 있었다. 발을 둘 곳이 없다 못해, 바닥이 쓰레기에 완전히 메워져 있었다.
"우왓, 심하네……."
크리스는 최악의 상황을 상상한 건지, 손으로 입가를 가리며 얼굴을 일그러뜨렸다.
"설마, 위기를 느낀 아쿠아와 리아가 격렬한 저항을 한 바람에……?! 『고대 병기의 부활 의식』이라는 걸 위해, 다른 장소로 끌려간 건가……."
"젠장, 다니엘 자식!"
한발 늦은 건가!
"아니, 다들 잠깐만 있어 봐. 개인적으로는 좀 다른 견해가 있다고나 할까……. 시에로도 그렇지?"
"으, 응……. 이건, 우리한테 있어서 익숙한 풍경이랄까……."
에리카와 시에로가 멋쩍은 표정을 지었다.
"어…… 으응? 킁킁, 킁킁……. 깨끗한 공기가 느껴져!"
"아, 아쿠아! 너, 무사했던 거야?!"
아무렇게 쌓여 있는 쓰레기 아래에서, 아쿠아가 고개를 빼꼼 내밀었다.
"카즈마…… 우엥~, 카즈마 씨~! 왜 이렇게 늦게 온 거야……. 진짜로 큰일 날 뻔했단 말이야~!!"
아쿠아가 내 품에 안겨서 엉엉 울었다.
"우웩, 쓰레기 냄새! 다가오지 마! 내 옷에 얼굴을 닦지 말라고!"

"그래요. 고생 많이 했어요, 아쿠아. 이제 괜찮아요. 아, 머리카락에 쓰레기가 붙어 있네요."

"트롤들에게 심한 짓을 당했나 보구나……. 대체 얼마나 심한 짓을 당한 건지 부디 자세히 이야기해다오!!"

너희들…… 동정하면서 거리를 두지 말라고.

"그런 게 아냐! 그 트롤들은 무해해. 그냥 무희를 좋아할 뿐이더라니깐."

"그럼, 뭐가 큰일이었던 건데?"

코를 부여잡은 크리스가 방 안으로 들어오려 하지 않으면서 그렇게 물었다.

"으, 으음……."

"리아!! 리아도 무사했구나!!"

아까 아쿠아가 얼굴을 내민 곳 근처에서 리아가 모습을 보였다.

그녀는 태연한 표정…… 아니, 잠이 덜 깬 건가?

"에리카, 시에로…… 구하러 와준 거야? 하암……."

"이 쓰레기 산속에서 자다니, 리아답네……."

두 사람은 이 상황에 익숙한 건지, 태연하게 대화를 이어갔다.

"감동적인 재회의 순간인데, 의외로 무덤덤하군요."

"당연하잖아. 이 방에 들어온 순간, 리아가 무사하다는 걸 눈치챘는걸."

"방을 이렇게 쓰레기 천지로 만들었다는 게, 리아가 무사하단 증거예요."

……아하~. 이 엉망진창인 방이 왠지 눈에 익다 싶었는데, 그래서였구나.

하지만 방이 얼마나 너러운지를 가지고 무사 여부가 확인된다는 건, 인간으로서 문제 있는 거 아냐?

"리아도 참. 이렇게 방을 어지럽히면 한 방에서 같이 지내는 아쿠아 양이 불편할 거잖아."

"그래? 아쿠아한테서 신경 쓰란 말을 듣고, 나름 조심하긴 했는데……."

조심한 게 이 모양인 거냐.

"뭐, 확실히 평소보단 깨끗하긴 해. 다리 여섯 개 달린 하나도 귀엽지 않은 벌레는 아직 출몰하지 않았잖아."

"구출이 조금만 더 늦었다간, 썩는 내가 진동하면서 정체불명의 버섯이 자라났을—."

"그만해! 그런 더러운 이야기, 더는 듣고 싶지 않아!!"

크리스는 이런 이야기를 질색하는지, 부들부들 떨고 있는 자신의 몸을 꼭 끌어안았다.

"정말…… 정말 힘들었거든? 치워도 치워도 쓰레기가 계속 늘어나는데……."

이렇게 더러운 방에서 원흉과 함께 생활했다고 생각하니, 아쿠아를 동정하게 됐다.

"알았다, 알았어! 다들 진정해. 여기 있다간 금방 적에게 발각될 거야."

"리아의 모험용 옷과 무기를 가져왔어."

리아는 시에로에게서 건네받은 옷으로 갈아입었다.

아쿠아도 쓰레기로 범벅이 된 옷을 벗더니, 다크니스가 가져온 옷으로 갈아입었다.

나는 옷을 갈아입는 데 방해가 된다고 복도에 나가 있었으며, 잠시 후에 두 사람이 밖으로 나왔다.

두 사람 다 평소 옷차림이었으며, 쓰레기 냄새는…… 거의 나지 않았다.

"좋아, 준비 완료야!"

"이렇게 더러운 곳과는 빨리 작별하자! 빨리 씻고 싶어!"

빨리 돌아가고 싶어 하는 아쿠아의 재촉에 따라, 다 같이 방을 나섰다.

"좋아, 그럼 탈출—."

"잠깐만! 두 사람을 무사히 탈환했으니까, 이제는 나와 한 약속을 지킬 차례지? 보물을 찾고, 그 후에 탈출하는 거야. 어때?"

확실히 크리스와 그런 약속을 하긴 했지만, 본심을 털어놓자면 적의 두목에게 발각되기 전에 빨리 돌아가고 싶다.

"내 보물 탐지 스킬에 따르면…… 이쪽이야! 따라와!!"

크리스는 우리의 대답을 듣지도 않고 어딘가를 향해 뛰어갔다.

"……이렇게 되면 어쩔 수 없지. 탈출 전에 한 건 더 뛰자고!"

빚 청산에 조금이라도 보탬이 될 테니, 손해 보는 짓은 아닐 것이다.

크리스의 『보물 탐지』 스킬에 따라, 도착한 장소는…… 화려하게 장식된 알현실이었다.

옥좌와 그 주위에는 금은보화가 아무렇게나 놓여 있었으며, 그것을 본 크리스는 진지한 표정으로 보물을 물색하기 시작했다.

"이 촛대는 순금이니까…… 꽤 돈이 되겠네. 이 마도구는 모험가에게 비싼 값에 팔 수 있겠지만…… 이것도 아냐."

"오, 필요 없으면 내가 가질게. 이것도 비싸게…… 아냐! 슬슬 안 나가면 위험하다고!!"

보물에 눈이 멀어서 무심코 크리스와 함께 물색했지만, 이러다 다니엘에게 발각되기라도 하면 큰일난다.

"알아……. 찾는 물건은 안 보이지만, 이제 됐어."

이렇게 많은 보물이 눈앞에 쌓여 있는데도, 크리스의 표정은 어두웠다.

……뭐, 됐어. 나는 돈 될 만한 것들을 챙겼으니까. 이걸로, 빚을 꽤 줄일 수 있을 것이다.

"그런 건 아무래도 좋으니까, 빨리 탈출하자. 성에 갇혀 지내는 동안 목욕을 못 했단 말이야!"

"그, 그럼 아르칸레티아의 온천에 들렀다 돌아가는 건 어떻겠느냐? 아아, 거기는 정말 좋은 마을이지……."

"그 마을에 가고 싶어 하는 에리스 교도는 다크니스 뿐일 거예요. 저는 그딴 마을에 두 번 다시 가고 싶지 않다고요!!"

메구밍의 의견에 동의한다.

내가 몇 번이나 고개를 끄덕이고 있을 때, 성안 곳곳에 설치된 스피커에서 노이즈가 섞인 음성이 흘러나왔다.

『리아 양, 리아 양. 여신처럼 아름다운 리아 양, 들리십니까?』

"이 목소리는……! 다니엘?!"

『소중한 봉제 인형을 제가 맡아두고 있습니다. 돌려받고 싶다면, 옥좌 뒤편의 비밀 문을 통해 제단으로 와주십시오—.』

"……봉제 인형? 봉제 인형이라면, 리아가 항상 안고 자는 그 여우 인형 말이야?"

한집에서 사는 에리카는 짚이는 구석이 있는 것 같았다.

봉제 인형인가. 그러고 보니 리아의 방에 잔뜩 있었다.

"앗, 생각났어! 액셀에 있는 리아의 방을 청소할 때 봤던 그거구나."

"물건 취급하지 마! 콘지로란 어엿한 이름이 있단 말이야!"

그 봉제 인형에 깊은 애정을 가졌는지, 리아는 진심으로 화가 난 것 같았다.

"겨우 봉제 인형 따위를 되찾으러 갈 거라고—."

"당연히 되찾으러 갈 거야! 콘지로는 고독했던 나를 위로

해준 첫 친구인걸……. 진짜로 콘지로가 다니엘의 손아귀에 들어간 거야?"

리아는 다크니스의 말을 끊으면서 되찾으러 가겠다는 선언을 했다. ……진심인가? ……아니, 제정신인가?

『리아, 구해줘……. 나, 콘지로야~.』

징그러운 목소리로 그딴 소리 말라고!

"틀림없다! 콘지로의 목소리야! 상냥한 콘지로를 인질로 삼다니, 정말 비열해! 반드시 구해줄 테니까…… 기다리고 있어, 콘지로!!"

이 대화를 듣고 있으니, 머리가 다 지끈거렸다.

봉제 인형을 가족처럼 여기는 사람은 있다지만, 아무리 그래도 이건 정도가 심했다.

적의 말을 덜컥 믿은 리아가 필사적인 표정으로 옥좌 뒤편을 뒤졌다.

그리고 금방 비밀 문을 찾더니, 내가 말리기도 전에 다짜고짜 열어젖히며 문 너머로 사라졌다.

"앗! 기다려, 리아!"

"리아, 혼자 가면 위험해!!"

에리카와 시에로까지…… 가버렸다.

재들은 왜 하나같이 사람 말은 안 듣는 거냐고!

"어떻게 하죠? 분명, 다니엘을 찾아갈 작정인 게 분명해요."

"내버려 둘 순 없겠구나……. 빨리 쫓아가자."

"하아……. 모처럼 적의 두목과 마주치지 않고 목적을 달성하나 했는데……. 진짜 어쩔 수가 없네!!"

7

"콘지로~! 있으면 대답해~!!"

리아의 비통한 외침이 통로 너머에서 들려왔다.

"……어서 오십시오, 리아. 직접 찾아와주셔서 감사합니다."

"다니엘…… 협박을 해서 불러놓고, 뻔뻔하게……! 콘지로를 돌려줘!!"

"콘지로? 아, 그 봉제 인형의 이름입니까. 그거라면 여기 없습니다."

"뭐? 하지만 아까 분명 콘지로의 목소리가—."

"그건 제가 낸 목소리입니다. 속여서 죄송하군요."

멍청하기 그지없는 대화가 귓속으로 스며들어왔다.

누가 딴죽 좀 날려! 왜 평범하게 대화가 성립되는 거냐고!

"팬만이 아는 정보로, 리아를 속인 거구나."

"너, 너무해요……!"

딴죽을 날릴 데는 거기가 아니잖아!

에리카와 시에로의 목소리도 들려왔지만, 그녀들의 미적지근한 대꾸를 들으니 짜증이 치솟았다.

"오오, 시에로와 에리카까지……!! 새우로 도미를 낚듯, 여우로 무희를 낚았군요!!"

그 비유, 완전 별로거든?!

"카즈마, 왜 그렇게 짜증 난 표정으로 뛰고 있는 거야? 배라도 아파?"

옆에서 나란히 뛰던 아쿠아가 그런 엉뚱한 걱정을 했다.

"리아만으로 의식을 치를 수밖에 없다고 생각했습니다만, 아무래도 운 좋게 액셀 하츠 전원이 모인 것 같군요. 『여신을 방불케 하는 무용을 선보이는 자, 푸른 옷을 걸치고 봉인의 땅에 내려설지니』……. 곧 이 전승이 실현될 겁니다!"

"뭔가 멋진 대사가 들려왔어요!"

메구밍은 적의 수상한 발언을 듣고 기뻐했지만…….

"방금 그 말은…… 역시……."

나란히 뛰던 크리스는 메구밍과 대조적으로 표정을 굳혔다.

그 표정이 신경 쓰이기는 했지만, 나는 속도를 줄이지 않으며 그대로 통로를 빠져나간 후에 그대로 제단의 방에 뛰어들었다.

"리아, 시에로, 에리카…… 괜찮아?!"

아까 전의 어처구니없는 대화를 없었던 일로 만들려는 듯이, 일단 큰 소리로 그렇게 말했다.

"왔습니까……. 하지만 이미 늦었습니다. 고대 병기 부활을 위해, 여러분은 춤을 춰주셔야겠습니다!"

듣자 하니 다니엘에게는 목적이 있는 것 같지만, 설명이 부족해서 무슨 소리를 하는 건지 모르겠다.

하지만 리아 일행이 춤추게 만드는 것이 목적이라는 것만은 알 수 있었다.

"오오오…… 오오오오오오……!"

"트롤 로드로 변신할 속셈이냐! 다들, 조심해!!"

"최악이야……. 이 자식도 찰리와 마찬가지로, 하나도 귀엽지 않은 괴물의 모습이 되려는 거구나!"

변신한 찰리의 모습을 떠올린 에리카가 모멸에 찬 눈길로 다니엘을 쳐다봤다.

"……아니, 잠시만 기다려 주십시오. 귀엽지 않다고요? 그 말은 그냥 넘어갈 수가 없군요. 트롤은 의외로 귀엽단 말입니다!"

"말~ 도~ 안~ 돼~! 귀엽지 않아! 하나도 귀엽지 않거든~?! 귀여움 대표인 나는 절대 인정 못 해!!"

"크, 크으윽……."

이 녀석, 의외로 충격을 받은 것 같지 않아? 혹시, 귀엽다는 칭찬을 받고 싶어 하는 타입인가……. 그래!

"변신한 모습은 하나도 안 귀여우니까, 싫어하게 될걸? 리아와 시에로도 그렇게 생각하지?"

"어, 으음……."

내가 갑자기 말을 건넨 바람에 당황한 시에로에게 눈짓을 보냈다.

"그래도 인간 형태일 때는 꽤 멋지잖아. 차라리 인간 상태일 때가 낫지 않아?"

"뭐, 뭐어…… 트롤보다는 인간이 낫지."

시에로는 이해하지 못했지만, 리아는 내 의도를 눈치챘다.

"리아까지…… 어험, 알겠습니다. 오늘은 인간의 모습으로 상대해드리죠!!"

걸려들었다! 트롤로 되돌아가지 않는다면, 아직 승산이 있어!!

"액셀 하츠 여러분. 고대 병기 부활을 위해, 저를 위해 춤춰주셔야겠습니다!"

"그렇게는 안 돼! 가자!!"

8

변신하지 않은 상태라면 해볼 만할지도 모른다고 생각하며 덤벼들었지만, 싸움이 시작되자 결정타를 먹이지 못하는 상황이 이어졌다.

공격은 다크니스가 막아내고, 아쿠아의 지원을 받은 액셀 하츠가 공격을 퍼부어대는데도, 한끝이 모자랐다.

크리스와 나는 전투 면에서의 활약을 기대할 수 없고 말이다.

"하아, 하아……. 변신하지 않은 상태에서도 꽤 센걸. 역시 마왕군 간부 후보까지 된 남자야."

"칭찬, 감사합니다……. 저도 당신들을 얕봤던 것 같군요. 설마 이렇게 궁지에 몰릴 줄이야……. 이렇게 되면, 귀엽지 않다는 비난을 받는 한이 있더라도 변신을—."

위험해! 이 자식이 변신하기 전에 해치워야만 한다고! 이렇게 되면 이판사판의 도박을 해볼 수밖에 없나?!

"……이 성은 매우 튼튼해 보이잖아. 큰 거 한 방 날려도 아마 무너지지 않을 거야, 메구밍, 날려버려!!"

"맡겨만 주세요, 카즈마! 『익스플로전』!!!!!"

폭풍이 휘몰아친 후, 마력이 바닥난 메구밍이 그 안에서 조용히 쓰러졌다.

시야를 가리던 연기가 걷히자—.

"……어때?! 해치웠느냐?!"

"제발 그런 소리 좀 하지 말라고!"

다크니스는 툭하면 플래그를 세우려고 한다!

"크억! 하아하아……."

폭발이 일어난 곳 한복판에는, 엉망진창이 되어가면서도 폭렬마법을 버텨낸 다니엘이 서 있었다.

원래 모습으로 돌아가지 않았으니 폭렬마법으로 해치울 수 있을 거라 여겼지만, 지난번과 마찬가지로 한끝이 부족했다.

어이, 적당히 해……. 우리한테는 남은 방법이 없단 말이다!

"아직도 움직이는 거야? 되게 끈질긴 녀석이네!!"

"아뇨, 이제 한계입니다……. 변신할 힘조차 남아 있지 않군요. 그러니 마지막으로……. 리, 리아…… 팬으로서, 마지막 부탁을 드립니다……. 부디 저를 위해, 아름다운 춤을 춰주지 않겠습니까?"

"싫어."

리아는 다니엘의 애원을 딱 잘라 거절했다.

"아니, 어째서죠? 팬의 마지막 부탁조차 들어주지 않는 겁니까?!"

"너, 자기가 무슨 짓을 했는지 이해하고 있는 거야?"

"나는 무희니까, 팬을 그 무엇보다 소중히 여겨. 하지만 넌, 비열하게도 콘지로를 이용해 나를 농락하려 했어!"

"그, 그런 사람은 진정한 팬이라고 할 수 없어요! 일개 변태 범죄자예요!!"

지당하기 그지없는 반응인걸. 이런 민폐 팬의 부탁을 들어줄 이유가 없다.

"아…… 아아…… 아아, 아…… 아앗, 맙소사! 리아에게 미움받고 말았어……. 세, 세상의 종말이야아아아아아아아아아아아아아!!"

다니엘은 주먹으로 바닥을 내려치며 통곡했다.

다 큰 어른이 남들 보는 앞에서 저렇게 목놓아 울다니…….

유괴까지 해놓고, 무슨 소리를 하는 건지 모르겠다.

"푸푸푸풉! 대박~! 그딴 방까지 준비해놓고 차여서 충격받은 거야? 완전 대박이네~!!"

아쿠아가 다니엘의 주위를 빙빙 돌면서 놀렸다.

재는 약해진 적 앞에서는 되게 우쭐댄다니깐.

"뭐, 이걸로 한 건 해결된 거네. 나, 피곤해. 돌아가면 슈와슈와로 건배하자! 그럼, 승리의 화조풍월~."

특기인 개인기까지 선보이는 걸 보면, 되게 기분이 좋나 보네.

"자, 잠깐만, 선배……가 아니라! 춤을 못 추게 해야 해!"

어찌된 건지, 아쿠아의 『화조풍월』을 본 크리스가 허둥대기 시작했다.

춤이나 출 때가 아니라는 말인 걸까. 도적 주제에 되게 성실한걸. 하지만, 확실히 지금은 먼저 해야 할 일이 있다.

"어이어이, 그만하고 빨리 저놈의 숨통을…… 어?"

갑자기 주위가 어두워졌기에, 근처의 창문을 통해 하늘을 올려다보았다.

성 위에는 먹구름이 드리워져 있었고, 제단의 창문을 통해 뜨뜻미지근한 바람이 불어 들어왔다.

"어라? 갑자기 날씨가…… 꺄아?! 번개까지 치기 시작했어요. 대체 뭐가 어떻게 된 거죠?"

갑작스러운 번개에 놀란 메구밍이 그녀답지 않게 허둥댔다.

"늦었어……!!"

옆에 선 크리스가 입술을 깨물더니, 무시무시한 눈길로 하늘을 노려봤다.

"인마, 아쿠아! 네가 건방진 짓거리를 하니까, 하느님이 노하셨잖아!"

"흥, 하느님은 무슨! 나는 여신님이거든?!"

"……여신? 아니, 잠깐만 있어 봐……?"

아쿠아의 말에서 약간 걸리는 부분이…….

"왜 그러느냐, 카즈마. 표정이 갑자기 심각해졌다만……."

다크니스가 무슨 말을 했지만, 나는 다른 생각을 하느라 바빠서 대꾸할 겨를이 없었다.

전투 전에, 매우 중요한 이야기를 들었던 것 같은데…….

"어이…… 고대 병기 부활이니, 전승이 어쩌고 같은 소리를 다니엘이 하지 않았어?"

"그러고 보니……『여신을 방불케 하는 무용을 선보이는 자, 푸른 옷을 걸치고 봉인의 땅에 내려설지니』라고 했어요. 멋진 문장이라 기억해뒀죠!"

역시 홍마족…… 같은 소리를 할 때가 아니다.

"……우와, 말도 안 돼. 진짜야……?"

"정말, 카즈마는 왜 혼자서 딱딱하게 굳어버린 거야? 혹시 화장실에 가고 싶어졌어?"

이 자식, 아무것도 모르면서 그딴 느긋한 소리나 늘어놓기는…….

"그게 아냐! 아쿠아……. 혹시나 해서 묻는데, 너는 일단은『여신』이지?"

"일단은, 이 뭐야! 머리부터 발끝까지 어엿한 여신님이거든요?!"

"그리고 네가 항상 입는 그 옷의 색깔은……."

"이제 와서 이 의상이 얼마나 위대한지 눈치챈 거야? 물을 관장하는 여신에게 어울리는 이 푸른 의상이야말로, 내 트레이드마크야!"

항상 입고 다니는 옷을 자랑하듯, 아쿠아는 그 자리에서 몸을 빙글 회전시켰다.

"그리고, 너는 방금, 뭘 했어……?"

"이것이야말로 지고의 개인기! 누구나 다 인정할 만큼 아리따운 춤『화조풍월』이야!!"

"이…… 잉여신아아아아! 조건 충족시켜버렸잖아!!"

여신을 방불케 하는 무용을 선보이는 자, 푸른 옷을 걸치고 봉인의 땅에 내려설지니……. 그거, 아쿠아를 말하는 거 아냐?

어떤 자식이 이딴 멍청한 발동 조건을 정한 거야?!

아니, 아쿠아가 춤췄더니 발동된다는 게 말이 돼?!

"꺄아?!"

시야가 섬광으로 물들더니, 리아의 비명이 들려왔다.

굉음과 함께 성의 지붕이 박살 나더니, 커다란 구멍이 뚫렸다. 다시 섬광이 뻗어나가자, 낙뢰가 제단에 떨어졌다.
그리고, 눈부신 번개 속에서 무언가가 모습을 드러냈다—.
"이건…… 거대한 번개가 모여서, 결정화되고 있어……?!"
"오오, 꿈에서까지 본 고대 병기가…… 마침내!! 후하하…… 후하하하하하하!!"
다니엘이 몸을 일으키더니, 번개가 떨어진 장소로 걸어갔다.
그리고, 방전하고 있는 거대한 망치 같은 물체를 손에 쥐었다.
"드디어 손에 넣었습니다. 이 금색 망치야말로 최강의 고대 병기……. 그 이름은……『토르 해머』!!"
"어째서 고대 병기가……? 리아는 의식을 치르지 않았는데……."
시에로가 그런 의문을 품는 게 당연했다. 이 자리에서 그 이유를 파악하고 있는 건, 나 말고는 딱 한 명뿐이다.
발동 조건이 이상하다, 같은 소리나 할 때가 아니다. 이미 토르 해머가 눈앞에 나타났으니 말이다.
"저, 저기, 으음, 카즈마 씨……? 이건 내 탓 아니지……?"
"아무리 생각해도 네 탓이잖아!! 네 부주의한 행동이, 우연히 의식의 내용과 똑같았던 거라고!!"
"우에에에에에엥!!"
울고 싶은 건 나라고!
"손에 쥐기만 해도 힘이 샘솟는 것만 같군요……. 지금이라면 세상도 손에 넣을 수 있을 것 같습니다. 아하하하하하!!"
아쿠아가 사고를 친 바람에 고대 병기가 눈뜨고 말았다.
젠장…… 큰일 났어!! 이제부터 어쩌면 좋지……?!
"이 상황을 어떻게 할 건데?!"
"화내지 마! 나도 나쁜 뜻이 있었던 건 아냐!!"
"잘은 모르겠지만, 아쿠아를 너무 비난하지 마. 애초에 내가 납치당한 바람에 이렇게 된 거야……!"
리아가 아쿠아를 감쌌지만, 내가 화 난 이유는 이해하지 못한 것 같았다.
『여신을 방불케 하는 무용을 선보이는 자, 푸른 옷을 걸치고 봉인의 땅에 내려설지니』.
아쿠아가 여신이라는 사실을 모르는 사람한테 이 말은 뚱딴지같은 소리에 지나지 않는다.
하지만 아쿠아가 그 조건을 충족시키는 행동을 취한 바람에, 고대 병기가 부활하고 말았다—.
"후하하하하하…… 드디어 손에 넣었습니다! 최강의 고대 병기 『토르 해머』를 말이죠!!"
그 이름은 게임이나 영화를 통해 접한 적이 있어. 번개를 조종하는 신의 무기 같은 느낌이었는데…….
"어, 엄청난 마력이 느껴져요……."
"어쩌지, 어쩌지?! 완전 위기 아냐?!"
당황할 대로 당황한 시에로와 에리카를 진정시……킬 여

유가 나한테 있을 리 없다!

진짜로 어떡하면 좋냐고. 이 사태를 어떻게 수습하냔 말이다!

"다들, 내 뒤로 물러나라! 공격은 내가 막아내겠다!!"

"무리야! 아무리 다크니스라도, 저 공격을 받아낼 수는 없어!!"

다크니스가 다른 이들을 지키기 위해 앞으로 나섰지만, 크리스의 말이 옳다. 아무리 방어력 말고는 자랑할 게 없는 다크니스라도, 저걸 맞고 멀쩡할 리가 없다.

우리 쪽의 최대 화력을 자랑하는 메구밍 또한 폭렬마법을 쓴 바람에 바닥에 널브러져 있는 상태였다.

"어이, 메구밍. 쓰러져 있을 때가 아냐. 빨리 여기서 도망—."

"잠깐만요. 저 망치에서 뿜어져 나오는 황금색 빛 좀 보세요! 아아…… 저 망치, 홍마족의 심금을 울려요! 저를 토르해머 근처로 옮겨 주세요! 가까이에서 보고 싶어요!!"

"나도 더 다가가서 저 망치에 맞아보고 싶다!"

우리 애들은 이런 상황에서도 한결같네!

"저기, 제가 이런 말을 하는 것도 좀 그렇습니다만……. 위험한 병기이니, 좀 더 두려움에 떨어야 마땅하지 않을까요?"

뜻밖의 반응을 본 다니엘 씨가 당황했다고.

"좀 더 가까이에서 보여주세요! 자, 카즈마—."

"딱 봐도 위험해 보이는데, 왜 다가가냐고!! 빨리 도망이나 치자!!"

"하아, 정말. 당신들과 어울려주다 보면 제 페이스가 흐트러지는군요."

다니엘은 어처구니없다는 듯이 한숨을 내쉬었다.

강자의 여유를 보여주고 있었다.

"다니엘 님! 드디어…… 드디어 해내셨군요!!"

"네. 남은 건 이 자리에 있는 모험가들을 해치우는 것뿐입니다……. 물론, 무희는 정중히 모셔야겠지만 말이죠!"

이 타이밍에 찰리까지 합류했다. 그렇게 두들겨 패줬는데 말이다. 트롤의 회복력은 정말 경악스러울 정도다.

"큭, 아까는 완전히 궁지에 몰았는데……!"

"유감스럽게도 이제 당신들에게는 승산이 없습니다! 그 사실을 지금 바로 똑똑히 알려드리죠!!"

토르 해머를 하늘 높이 치켜든 다니엘이 씨익 웃었다.

"울부짖어라…… 번개여!!"

""""꺄아아아아아아!!""""

다니엘이 토르 해머를 바닥에 내려치자, 뿜어져 나온 번개가 성을 뒤흔드는 듯한 충격을 자냈다—.

"어이어이, 뭐가 저렇게 세냐고……. 메구밍의 폭렬마법조차도 견뎌냈던 성이 뒤흔들리고 있잖아!"

"카즈마 씨, 저건 진짜 위험한 무기 같아. 저 번개에 스치기라도 했다간, 시꺼멓게 타서 재가 되어버릴걸?!"

그 정도는 아쿠아가 말 안 해도, 딱 보면 알 수 있다. ……무릎을 꿇고 살려달라고 애걸복걸하면, 나 한 명쯤은 눈감아주지 않으려나?

다니엘의 최애인 리아가 아양 좀 부리면, 목숨은 건질 수 있지 않을까?

"카즈마 씨…… 혹시 쓰레기 같은 생각 하고 있지 않아?"

아쿠아…… 평소에는 둔해 빠졌고 눈치도 없으면서, 이럴 때만은 가장 먼저 눈치챈다니깐.

"결계 마법으로도, 저런 걸 견뎌낼 수는 없을 거예요……."

"이대로 있다간 큰일이 날 거야……!"

시에로와 리아가 시리어스한 분위기를 이어갔다. 내 동료들과는 하늘과 땅 차이다.

"크크큭……. 이제 와서 겁먹어봤자 늦었다! 다니엘 님, 한 방 더 먹여주시죠!"

찰리가 기쁨에 찬 목소리로 그렇게 말하자, 우리는 무심코 눈을 감으며 긴장했지만…… 아무리 기다려도 공격은 날아오지 않았다.

나는 실눈을 뜨면서 상황을 살폈다.

"쿨럭……!"

공격은 고사하고, 다니엘은 피를 토하며 무릎을 꿇었다.

"어, 어어어어어엇?! 왜 다니엘 님이 감전사 직전이신 겁니까~?!"

"모, 모르겠군요……. 하지만, 이건 크나큰 오산입니다. 대체 왜, 이런 일이—."

다니엘은 어마어마한 위력의 일격을 가장 가까운 곳에서 맞았다. ……저 무기, 사용자한테도 대미지를 주는 거냐?! 완전 결함품이네!

"……앗, 다니엘 님! 여기에 병기와 함께 부활한 취급 설명서가 있습니다!"

……설명서? 고대 병기에 설명서가 딸려 있다니, 대체 어떻게 되어 먹은 거야?

"으음……? 『토르 해머를 이용해주셔서 감사드립니다. 토르 해머는 고대의 언어로 「때려 부수는 것」이란 의미입니다. 어마어마한 에너지 덩어리인 만큼, 맨몸으로 사용하는 건 위험합니다』라고 적혀 있습니다."

"그런 건 사용하기 전에 알려줬으면 좋았을 텐데 말이죠. 뭐, 읽지 않은 저한테도 잘못이 있겠습니다만……."

그런가? 이 건에 있어서는 다니엘에게 아무 잘못도 없다고 생각하는데 말이야.

"으음, 『안전하게 이용하기 위해선, 장갑형 마도구 「야른그레이프」를 함께 사용해 주십시오』라고 하네요."

"아, 그래. 저건 세트로만 쓸 수 있는 거야……. 아직, 기회는 있어!"

크리스는 아까부터 혼잣말을 중얼거리면서, 진지하거나

절망하거나 기뻐하거나 하느라 바빴다.

“또한, 야른그레이프는 머나먼 북쪽에 있는 『월름 산』에 안치되어 있습니다.”

“차, 찰리! 그건 말 안 하는 편이…….”

“……앗?!”

찰리는 허둥지둥 입을 막았지만, 이미 늦었다.

“다들 들었지~?”

“응, 이 귀여운 귀로 똑똑히 들었어!”

“저딴 걸 자유롭게 쓰게 뒀다간 민중에게 피해가 가겠지. 우리가 먼저 다른 하나의 마도구를 찾아내서, 토르 해머를 무력화시켜야 해……! 자유자재로 조종하는 저 번개를 맞아 보고 싶기는 하지만 말이다!”

대응책이 있다는 사실에 안심했지만, 문제는 이 상황에서 벗어날 방법이다.

“이런이런, 도망칠 수 있을 거라고 생각합니까? 피폐해진 지금의 당신들이라면, 찰리 혼자서도 충분히 해치울 수 있습니다!”

그냥 보내줄 생각은, 없는 것 같네.

다니엘은 조금 전의 자폭으로 중상을 입었다. 우리도 한계에 가깝지만, 저 자식 혼자라면 어떻게 됐을 텐데…….

“맡겨만 주십시오. 아까 입을 잘못 놀린 것을 이참에 만회하겠습니다……. 우오오오오오!!”

하늘을 향해 포효를 지른 찰리가 거대한 형태로 변모했다.

"젠장, 메구밍의 폭렬마법은 이제 못 써. 이렇게 되면……! 아쿠아, 부탁해! 일전에 베르디아한테 썼던 걸 또 써!!"

"잘은 모르겠지만, 진짜로 그래도 되는 거지? 진짜로 한다?『세이크리드 크리에이트 워터』!!!!"

하늘에서 어마어마한 양의 물이 쏟아졌다. 우리는 그 물줄기에 휘말려서 성 밖으로 빠져나갔다.

우리는 체중이 가벼워서 물 위에 떴지만, 트롤들은 무게 탓에 물줄기에 휩쓸려서 흘러가지 않았다.

"이, 이것들이이이이이!!"

9

성 입구까지 흘러간 우리는 허둥지둥 그 자리를 벗어났다.

"휴우, 어찌어찌 도망쳤네."

하마터면 익사할 뻔했지만, 결과적으로는 잘 됐다.

"그 병기를 다니엘이 자유자재로 쓸 수 있게 되면 큰일이야. 세상의 위기라고 해도 과언이 아닐 거라고."

지금은 결함 무기지만, 그 위력은 어마어마했다.

"세상의 위기인가요……. 이건 누구 책임인 거죠?"

메구밍의 의문 섞인 목소리로 그렇게 말하자, 무심코 온몸을 부르르 떨었다.

"우, 우리는 우연히 이 자리에 있었을 뿐이야! 아무 상관 없다고!!"

"그래! 따지고 보면 나는 피해자거든?!"

나와 아쿠아는 상관 없는 일이라고 주장했지만, 주위의 시선은 차가웠다.

"다들 할 말이 있는 것 같지만, 우선 병기가 부활했다는 것을 길드에 보고부터 하자."

다크니스의 정론에 누구도 반복하지 못했다.

메구밍을 업은 나는 심각한 표정인 일행을 이끌며, 사람들에게 위기를 알리기 위해 액셀 마을로 향했다—.

제5장

1

액셀 마을에 도착하자마자 모험가를 길드에 모은 후, 다니엘과 『토르 해머』의 위험성을 설명했다—.

"한 번 휘두르기만 하면 번개를 부를 수 있는 고대 병기, 인가요……."

길드 직원인 루나가 믿기지 않는다는 표정을 짓고 있었다.

"그래. 다니엘이 그 힘을 자유자재로 쓸 수 있게 된다면, 솔직히 말해 진짜 위험해……."

내가 지금의 이 심각한 상황을 설명하고 있는데도, 주위의 반응은 미적지근했다.

"가까이에서 봤는데, 위력은 아마 폭렬마법을 능가하지 않을까 싶어."

"폭렬마법 이상?!"

"그거 위험한걸……. 만약 연이어서 쓸 수 있게 되면 거의 무적인 거 아냐?"

린과 더스트가 너무 놀란 나머지 의자에서 벌떡 일어섰다.

……내 설명은 대충 흘려듣고 있었으면서, 크리스의 말은 바로 믿는 거냐.

"하지만, 그런 말도 안 되는 병기가 왜 이 타이밍에 부활한 거야……?"

"그, 그건……!"

린의 소박한 의문에 나는 말문이 막혔다.

부활의 원인을 솔직하게 이야기하면 어떻게 될지…….

"한마디로 말해, 이제까지 모습을 보이지 않았던 『아름다운 여신』이 드디어 강림―."

"아아아아아아아아! 아무것도 아냐! 아니라고!! 다니엘 자식이 의식을 성공시켰을 뿐이야!!"

나는 아쿠아의 머리를 감싸 쥐며 입을 막았다.

고대 병기의 부활에 우리가 관여했다는 사실을 들키는 것만큼은 피하고 싶다……!

"카즈마 씨, 보고해주셔서 감사해요. 심상치 않은 사태인 것 같군요……. 액셀 마을에서 자체적으로 어찌할 수 있는 문제가 아니에요. 서둘러 왕도에도 연락해서 대책을 짜죠."

루나가 다급하게 서류를 정리하더니, 다른 직원에게 지시를 내렸다.

"부탁해. 왕도의 군대가 와준다면 든든할 거야!"

"하지만 낙관할 수 있는 상황은 아니다. 설령 지원군이 와주더라도, 시간이 걸리겠지. 여차하면 내가 모든 공격을 받아내겠다!"

아무리 다크니스라도, 그 공격을 맞았다간 멀쩡하지 못할 것이다.

"다니엘 씨는 마왕군에 있던 시절부터 행동력이 엄청났거든요. 금방이라도 쳐들어올 가능성이 있어요……."

"……마왕군에 있던 시절?"

위즈의 발언을 들은 린이 그렇게 중얼거린 순간, 나는 화들짝 놀랐다.

"위즈! 다니엘이 마왕군에 있던 시절의 정보를 바닐한테서 들은 거지?!"

"어, 앗, 네, 맞아요!"

마왕군에 대해 자세히 아는 위즈도 이 자리에 불렀는데, 언제 입을 잘못 놀릴지 몰라서 방심할 수가 없다.

"걱정하지 마시길. 여차하면 제가 이 마검 그람으로 어떻게든 해보겠습니다. 사람들을 위험으로부터 지키는 것이야말로 제 역할이니까요!!"

"머, 멋져……. 구해줘! 그리고 나를 먹여 살려줘!!"

"어, 아니, 저기……."

수녀복을 입은 프리스트— 세실리가 미츠루기에게 들러붙었다.

파란색을 베이스로 한 수녀복을 보면 알 수 있다시피, 그녀는 열렬한 아쿠시즈 교도다. 모험가도 아닌데 여기에 있는 건, 평소처럼 아쿠아를 따라온 것이리라.

이 자식들은 단둘이서 에리스교에 심술을 부리러 다니기

에, 에리스교의 프리스트들에게 위험인물로 찍혔다고 한다.

평소 같으면 미츠루기에게 여성이 들러붙는 모습을 보고 샘을 내겠지만, 상대는 바로 아쿠시즈 교도인 세실리다. 솔직히 말해 눈곱만큼도 부럽지 않다.

그것보다, 쟤가 있으니 차라리 잘 됐다 싶은걸.

"용사님의 말이 옳아! 사람들을 지키는 게 모험가의 역할! 세상의 위기는 모험가 전원의 문제라고!!"

"어, 용사님? 용사님이라고 했어?!"

내가 한 말보다, 나한테 용사라고 불렀다는 사실에 감동한 것 같았다.

"……카즈마의 말대로, 세상의 위기는 모험가 전원의 문제이긴 해."

"세상의 위기를 구한다면, 돈과 여자가 얼마든지 들어올 테니까……. 나도 모험가로서 돕겠어!"

린과 더스트가 내 말에 넘어왔다.

"그래, 세상을 위해 다 같이 힘내자!"

"자기가 저지른 짓을 덮으면서, 다 같이 힘내자는 무드로 몰아가다니……. 정말 카즈마답네."

크리스가 이 분위기에 찬물을 끼얹는 듯한 발언을 했다.

"거기!! 외부인은 입 다물고 있어 주지 않겠습니까?!"

"알았어. 외부인은 아니지만…… 그럼 성에서 얻은 보물을 돈으로 바꿔올게. ……선배가 또, 하아……."

크리스는 돌아서면서 손을 흔들더니, 혼잣말을 중얼거리며 모험가 길드를 나섰다.

"물에 휩쓸려 떠내려가면서도 보물을 챙겨왔구나. 도적의 귀감이네."

나도 보물을 품속에 넣어뒀지만, 떠내려가는 와중에 다 흘리고 말았다.

"……저, 저기—."

"그래도, 아까 전의 카즈마는 멋있었어요."

"세상의 위기는, 모험가 전원의 문제……라. 카즈마답지 않은 발언이구나. 대체 무슨 바람이 분 거지?"

"카즈마 씨라면 또 나쁜 짓을 꾸미는 게 뻔하다니깐."

"이게 다 누구 탓인지 알긴 하는 거냐, 이 잉여신아……."

다른 사람들이 바로 속아 넘어…… 이해해줬는데, 내 동료들이 미심쩍어했다.

"저, 저기!!"

"응? 리아, 왜 그래?"

"진짜로 전원의 문제인 걸까? 따지고 보면 내가 납치당한 바람에 이런 사태가……."

책임을 느끼고 있는 건지, 리아는 아까부터 쭉 힘이 없었다.

"리아가 사과할 필요 없어. 나쁜 건 화풀이 삼아 난동을 부리려고 하는 다니엘이잖아. 아무도 잘못 없어."

확실히 리아는 잘못이 없다. 하지만—.

아쿠아, 너는 좀 책임감을 느끼라고.

"하, 하지만…… 이 일로 인해 콘테스트가 중지된다면……. 나 때문에 시에로와 에리카의 꿈이……."

"너무 신경 쓰지 마, 리아. 만약 중지되더라도, 다음 기회가 있을 거야."

"맞아. 설령 리아한테 잘못이 있더라도, 리아의 잘못은 우리 셋의…… 액셀 하츠의 잘못이잖아. 리아 혼자서 마음 쓸 필요 없어. 알았으면 빨리 기운 내!"

"……응, 고마워."

아름다운 우정이다. 이 세 사람은 서로의 버팀목이 되어주고 있다. 우리 파티와는 하늘과 땅 차이이다.

좋은 동료를 둔 저 애들이 부럽…… 어, 방금, 그냥 흘려들을 수 없는 소리를 하지 않았어?

"잠깐만 있어 봐. 콘테스트가 중지……?"

"으, 응. 긴급 사태가 벌어졌으니 어쩔 수 없잖아."

큰일 났다. 진짜로 큰일 났어! 콘테스트에서 리아 일행이 우승하지 않으면 빚을 갚을 수가 없단 말이다……!

그래서 생고생을 해가면서 리아를 구하러 갔던 거라고!

"……다니엘은 우리가 한시라도 빨리 어떻게든 하겠어. 무희들의 꿈을 빼앗게 둘 순 없거든!"

원래는 미츠루기와 모험가 길드에게 뒷일을 맡기고 방관할 생각이었지만, 그런 느긋한 소리를 할 때가 아니다.

"카즈마 씨…… 우리를 위해서……?"

"카즈마 네한테만 맡길 순 없어. 나도 돕겠—."

"괜찮으니까 신경 쓰지 마. 정 나를 돕고 싶다면, 콘테스트에서 우승해줘!!"

그리고, 내 빚을 갚아달라고!!

"흐흥, 그거라면 맡겨줘!"

"부탁해, 액셀 하츠! 이쪽은 우리한테 맡기고, 너희는 콘테스트 준비나 열심히 하라고."

2

본선에 대비한 레슨을 하러 돌아가는 액셀 하츠를 배웅한 후, 나는 의자에 털썩 앉았다.

"기세 좋게 떠들기는 했다만, 좋은 아이디어라도 있는 것이냐?"

"뭐, 우리가 다니엘보다 먼저 『야른그레이프』라는 장갑을 손에 넣으면 되지 않을까? 그러면 고대 병기는 어떻게든 돼. 물론 너희도 협력해줄 거지?"

내가 필사적으로 갚고 있는 빚은 따지고 보면 우리 파티가 진 빚이니까 말이야.

"알아. 콘테스트가 중지되면 리아와 애들이 불쌍하잖아."

"하지만, 대체 어디에 있는 걸까요. 월름 산이라고 했는데, 그런 장소는 들어본 적도—."

"어이, 윌름 산이라면 바로 그 윌름 산이야?"

메구밍의 말을 끊으며 끼어든 이는 바로 더스트였다.

"혹시 그게 어디인지 알아?!"

"북쪽 대지에 있는 화산이잖아? 옛날에 거기에 원정을 간 적 있거든."

뜻밖의 인물이 도움을 줬다. 더스트도 도움이 될 때가 있구나.

"그러고 보니, 머나먼 북쪽에 있다고 말하긴 했지. 하지만 그렇게 먼 곳에도 간 적이 있구나. ……그것보다, 누구야?"

"더스트라고! 너희와 함께 모험한 적도 있잖아! 카즈마, 거기에 갈 거면 안내해줄 수도 있어. 물론 사례는 받겠지만 말이지."

"부탁이야! 우리를 거기로 안내해줘!! 돈은 나중에 줄게!"

이 일이 해결되면 주머니 사정에 여유가 생길 것이다. 만약 실패하더라도, 더스트에게는 이제까지 몇 번이나 술을 사줬다. 떼먹더라도 전혀 마음이 아프지 않다.

"그래, 좋아. 좀 잠잠해질 때까지 액셀 마을을 한동안 떠나고 싶었거든."

"이 애, 또 도박하다 빚을 지고 도망 다니고 있다니깐."

"린! 괜한 소리 말라고!"

아하, 웬일로 친절하게 협력해주나 했더니, 그런 의도가 있었던 거냐.

3

“우오오오오오오, 추워어어어! 이런 곳인 줄 알았으면 안 왔을 거야.”

설산을 필사적으로 올라가는 도중, 선두에 선 더스트의 입에서는 끊임없이 후회의 말이 흘러나왔다.

“전에 와본 적 있다며? 왜 처음 와보는 듯한 반응을 보이는 건데?”

“그때는 이렇게 산을 걸어 올라가지 않았…… 너무 옛날 일이라 생각 안 나!”

더스트는 하도 술을 마셔댄 탓에 옛날 일을 또렷하게 기억하지 못하나 보네. 불쌍한걸.

“카즈마 씨! 틴더를 써, 틴더! 조금이라도 온기가 필요해!!”

“싫어. 쓸데없이 에너지를 소모하고 싶지 않아.”

“어이, 사토 카즈마. 여신님의 부탁이잖아! 쪼잔하게 굴지 말고 원하시는 대로 해드려라!”

“됐다고. 그것보다, 왜 카자마츠리가 여기 있는 거야?”

부르지도 않았는데 멋대로 끼어 들어놓고, 잘난 듯이 명령하지 말라고.

“미츠루기다! 대체 이 짓을 몇 번 해야 내 이름을 외울 거냐. ……뭐, 됐어. 그것보다, 네가 말했잖아? 세상의 위기는 모험가 전원의 문제라고 말이야. 그럼 마검의 용사인 내 힘이 필요하지 않겠어?"

"아, 아하! 그런 소리를 하긴 했었죠! ……뭐, 전력은 많을수록 좋잖아. 월름 산은 위험한 몬스터도 많다고 들었거든."

저 자식의 얼굴과 태도는 마음에 안 들지만, 실력 하나는 확실하다. 위험해지면, 전부 저 자식에게 떠넘겨버리자.

"보세요. 커다란 산이 보이기 시작했어요. 혹시 저기가 월름 산인 걸까요?"

메구밍이 지팡이로 가리킨 방향에는 눈에 뒤덮인 거대한 산이 있었다.

지금도 꽤나 힘든데, 저런 산에 올라가야만 하는 건가…….

"저 산의 어딘가에 야른그레이프가……. 찾는 건 쉽지 않겠구나."

"일단 산꼭대기로 향하자! 보통 보물이란 것은 산꼭대기에 놓여 있는 법이잖아!"

다크니스가 터프한 건 알고 있지만, 아쿠아도 웬일인지 기운이 넘쳤다.

어린애와 개는 눈을 보면 흥분한다던데, 그것과 마찬가지일까.

"월름 산에는 위험한 몬스터가 있다던데, 어떤 몬스터가 있는 거야?"

"아~, 채소가 위험하다나 봐. 이렇게 추운 지방에도 자라는 채소잖아. 생명력이 상당히 강해서 만만치 않은가 보더라고. 그 대신, 어마어마하게 맛있다네."

이 세상의 채소는 인간을 공격한다. 아쿠아와 메구밍이 가꾸는 저택의 밭에서 자란 채소한테 따끔한 맛을 본 적도 있다.

"채소에게 살해당하고 싶진 않은걸……. 다들, 긴장 바짝 해!"

"하아, 하아……. 생각했던 것보다 더 큰 산이잖아. 어이, 슬슬 쉬지 않을래?"

"카즈마의 의견에 동의~. 차가워진 몸을 술과 서로의 체온으로 데우자고!"

"산을 오르기 시작하고 아직 한 시간밖에 안 지났다. 대체 몇 번을 쉬어야 직성이 풀리는 거냐. 이래서야 앞날이 걱정되는구나……."

체력 괴물인 다크니스와 같이 취급하지 말아줬으면 한다.

"어머? 상공에 떠 있는 저건……."

메구밍의 말을 듣고 하늘을 올려다보니, 상공을 날아가는 와이번이 눈에 들어왔다.

"앗, 등에 그 자식들이 타고 있어! 저 와이번…… 나와 리아를 납치했던 그 와이번이 분명해!!"

"큭, 비겁하게 소형 용을 타고 앞질러 가다니……! 이럴 때가 아냐! 서둘러 쫓아가자!!"

미츠루기가 눈을 헤치며 나아갔지만, 그 자리에서 걸음을 멈췄다.

"아니, 그건 힘드니까 관두자."

"무, 무슨 느긋한 소리를 하는 거야?! 이건 세상의 운명이 걸린 일이라며?!"

"어이, 메구밍. 저 와이번을 향해 폭렬마법을 날려. 우리는 쟤들의 사각지대에 있으니까 명중할 거야."

표적은 움직이고 있기는 해도, 일직선으로 곧장 날아가고 있을 뿐이다. 그러니 맞추기 쉽다.

"상공에 있으면 아래편에서의 기습에 취약……하다고 하거든. 의외로 명중하지 않을까?"

더스트가 하늘을 올려다보며 대충 그렇게 말했다.

"……그건 너무 비겁하지 않아?"

미츠루기가 무슨 말을 했지만, 들은 척도 하지 않았다.

"그럼 쓰겠어요……『익스플로전』!!!!"

빛의 궤적이 와이번을 향해 뻗어가더니, 발사된 폭렬마법이 멋지게 명중했다.

"오~, 명중했네."

"꽤 하잖아, 폭렬걸."

폭렬마법에 당한 다니엘 일행이 그대로 튕겨 날아가며 추락했다—.

"좋아~. 잘했어, 메구밍."

"한 치의 망설임도 없이 기습을……."

"이럴 때 망설이지 않는 점이 카즈마의 장점이다."

어이어이, 다크니스. 너무 칭찬하지 말라고.

"자, 장점? 단점을 잘못 말한 것 아냐……?"

"카즈마, 카즈마. 못 움직이겠으니까 업어주세요."

방금 멋지게 활약했으니, 기쁜 마음으로 업어주겠어.

"그럼 제가 업어드리죠. 자, 마음 놓고 제 등에—."

미츠루기는 메구밍 쪽으로 등을 보이며 몸을 웅크렸다.

"아, 됐어요. 카즈마, 빨리 업어주세요. 지면이 차가워요."

메구밍이 딱 잘라 거절했다.

미남이 무시당하는 걸 보니 기분 좋았다.

"알았어, 알았다고. 영차."

"내가 아니라…… 사토 카즈마를 선택했어……!"

"푸하하하하! 카즈마한테 진 거냐. 꼴사납네."

충격을 받아 얼어붙은 미츠루기가 더스트에게 바보 취급을 당하는 가운데, 우리는 다시 월름 산의 꼭대기를 향해 다시 이동하기 시작했다—.

몬스터는 나타나지 않았지만, 차례차례 땅속에서 튀어나오는 야생 채소 탓에 고생하면서도 산꼭대기에 다가섰다.

"채소에게 방해받는다는 게 너무 어처구니없어!"

“채소에게 살해당한다는 것도 진짜 말도 안 되거든?!”

“내가 『디코이』로 유인하는 사이에 공격해라……!! 간다…… 『디코이』!!”

다크니스가 양손을 펼치며 스킬을 펼쳤을 때였다. 그 자리에 있던 채소들이 다크니스를 향해 그대로 몸을 날렸다—.

“아아아아아아아아아아아!!”

“다크니스가 유인하는 사이에 공격해!!”

“여성을 미끼로 쓸 수밖에 없다니……! 금방 해치우겠습니다!”

미츠루기, 당황할 필요 없다고.

“아아, 액셀 마을에서 양배추의 공격에 갑옷이 벗겨지던, 그날의 흥분이 되살아나는구나……!!”

봐봐, 내 말 맞지?

4

“휴우……. 드디어 정리했구나. 다크니스, 괜찮아?”

“양배추도 나쁘지 않았다만, 더 단단한 뿌리채소도 괜찮구나. 음…… 정말 좋았다, 후후훗.”

채소 퇴치를 마치고, 일행은 한숨 돌렸다.

메구밍과 아쿠아는 해치운 채소를 모닥불에 집어넣어서, 호쾌한 채소 구이를 만들고 있었다. 이렇게 강하고 신선한 채소라면, 분명 맛있을 것이다.

"정말, 느긋하네. 아까만 해도 채소한테 죽을 뻔했는데 말이야."

하지만, 휴식과 몸을 데우기에는 최적이다.

갓 구운 채소를 즐기면서, 몸을 데우고 있을 때였다.

"다니엘 님, 놈들을 찾았습니다!!"

조금 떨어진 곳에 나타난 너덜너덜한 2인조가, 우리를 손가락으로 가리켰다.

"저의 폭렬마법으로 한꺼번에 쓸어버린 줄 알았는데 말이죠. 꽤 끈질기군요."

"네. 와이번이 격추당할 줄은 몰랐습니다……. 덕분에 이렇게 걸어서 올라가게 됐군요."

폭렬마법을 정통으로 맞고, 그렇게 높은 곳에서 떨어졌는데도 살아있는 거냐.

"너희가 다니엘과 찰리인가……. 이 앞으로는 보내줄 수 없다. 이 마검의 용사, 미츠루기가 상대해 주마!!"

"힘내세요, 용사님! 역시 대단해요, 용사님! 대단하세요, 용사님!"

"사토 카즈마……. 너한테 용사라고 불리니 영 석연치 않다만……."

"카즈마는 자기가 편하기 위해서라면, 자존심 따윈 아무렇지 않게 내던지거든요."

당연한 소리 말라고, 메구밍.

"호오……. 당신이 그 유명한 마검 그람의 소유자입니까."

"그렇다. 내가 있는 이상, 이 앞으로는 못 갈 줄 알아라! 에인션트 드래곤마저 해치운 내 검술을 받아봐라! 간다…… 하아아아아앗!!"

미츠루기가 힘차게 뛰어오르더니, 다니엘 일행을 향해 그람을 휘둘렀다.

좋아~, 그대로 해치워버려! 아니면 확 둘 다 죽어버려도 돼!

"호오…… 확실히 상당한 실력이군요."

"이런 걸 정통으로 맞았다간…… 어?"

다니엘은 그람의 일격을 피하며 감탄했고, 찰리는 경악을 금치 못했다.

"뭐야……. 지면이 흔들렸어……?"

대지에 꽂힌 그람을 움켜쥔 상태에서, 미츠루기가 발치를 응시했다.

어, 지진인가? 꽤 심하게 흔들리는걸.

"어이, 이 근처의 암반은 쉽게 무너지거든? 너무 화려한 기술은 쓰지 않는 편이 좋을 거야."

더스트는 충고하면서 거리를 벌렸다.

"가르쳐줘서 고마워, 더스트 씨. 하지만…… 그런 건 좀 일찍 가르쳐줘어어어어어어어엇!!"

그람이 꽂힌 지면이 무너지더니, 미츠루기는 그대로 다니엘 일행과 함께 산기슭까지 굴러 내려갔다—.

"끄아아아아아아아아아아?!"

"이, 이거…… 한 방 먹었군요……."

"큭! 다들, 나는 괜찮아! 그러니 신경 쓰지 말고 먼저 가!!"

재수가 좋은걸. 미츠루기의 희생 덕분에 다니엘과 찰리가 전선에서 이탈했다.

"알았어!!"

"신경 쓰지 말고 계속 올라가죠."

아쿠아와 메구밍이 말한 것처럼, 우리 중 누구도 미츠루기를 신경 쓰지 않았다.

"내 입으로 이런 말 하는 건 좀 그렇지만…… 조금은 걱정해달라고오오오오오!!"

5

이윽고 해가 지면서, 우리는 산 중턱에서 야영하게 됐다.

"신선한 채소 덕분에, 마력도 꽤 회복됐어요."

그 흉악한 채소가 너무 맛있어서, 거꾸로 화가 나네…….

다른 이들과 조금 떨어진 곳에 텐트를 치고 있을 때, 아쿠아가 슬그머니 내 옆에 섰다.

"저기, 카즈마. 전부터 좀 신경 쓰였던 건데 말이야."

아쿠아가 우물쭈물 입을 열었다.

"뭐야, 볼일 보고 싶어? 춥다고 근처에서 해결하지 마. 저

쪽의 수풀에서 보고 와."

"아냐! 그 고대 병기 말인데……."

"토르 해머와 야른그레이프 말이야? 그게 왜?"

"저기, 그 두 개가 왠지 귀에 익거든~. 그래서 등산하면서 어디서 들어본 건지 필사적으로 생각해봤거든?"

하늘을 올려다보면서 계속 표정이 오락가락한다 했더니, 그런 생각을 하고 있었던 건가.

"그랬더니 생각이 났어! 그건 내가 전생자에게 준 치트 아이템이야! 한참 전에 전생한 애여서, 까맣게 잊고 있었다니깐."

"흐음~, 그렇구나."

아쿠아는 잘했다고 칭찬받을 거라고 생각한 건지, 눈을 반짝이며 나를 쳐다보고 있었다.

나는 미소를 머금으며 그녀를 향해 손짓했다.

그리고 망설임 없이 다가온 아쿠아의 머리를— 주먹으로 쥐어박았다.

"아야~!! 뭐하는 거야?!"

"야 이 바보야! 왜 그렇게 중요한 걸 이제야 생각해낸 거냐고! 발동 조건이 어처구니없다 싶었는데, 그 말을 들으니 이해가 되네! 그럼 뭐야. 네가 준 치트 아이템이 이용당한 거냐고!"

"하, 하지만 그건 건네준 사람 말고는 쓸 수 없게 되어 있어! 다른 사람이 쓰려면 특수한 발동 조건을 충족시켜야 한

단 말이야!"

우쭐대는 아쿠아의 이마를, 나는 검지로 마구 연타했다.

"그, 조, 건, 을, 네, 가, 충족시켰잖아!!"

이 모든 사태의 원흉은 바로 너냐!

마왕군 간부 후보가 고대 병기를 손에 넣은 것도, 그걸 쓸 수 있게 된 것도, 전부 아쿠아 탓이다.

나는 왜 항상 얘의 뒤치다꺼리를 해야만 하는 거냐고!

머리를 감싸 쥐며 신음을 흘리고 있을 때, 수풀 쪽에서 부스럭거리는 소리가 들렸다.

고개를 들어서 수풀을 쳐다보니, 눈으로 범벅이 된 검은색 머리카락이 모습을 보였다.

"……다행이야. 겨우 찾았네."

""""리아?!""""

상상도 못 했던 인물이 등장하자, 우리는 한목소리로 그녀의 이름을 외쳤다.

"어째서 여기에……."

시에로와 에리카는 안 온 것 같았다. 혼자서 우리를 쫓아오다니…….

"……그 후로 계속 생각해봤는데, 역시 너희한테만 맡겨둘 수는 없어. 고대 병기의 부활은, 따지고 보면 내 탓인걸."

"신경 쓰지 말라고 했잖아. 그것보다 콘테스트에서 우승하기 위해 연습을—."

"우승하러 온 거야. 내가 납치당하지 않았다면 이런 일은 벌어지지 않았어……. 그렇게 생각하니, 콘테스트에 집중을 할 수 없지 뭐야."

책임감이 강하다고는 생각했지만, 이 정도일 줄은 몰랐다. 내 동료들이 개미 눈물만큼이라도 본받았으면 좋겠다 싶을 정도였다.

"그러니까 카즈마. 괜찮다면 나도 데려가 줘. 신경 쓰이는 일이 남은 상태에선, 콘테스트에 집중할 수가 없을 것 같아……."

"……알았어. 이런 데까지 쫓아온 애를 돌려보낼 수도 없잖아. 힘을 합쳐서 반드시 토르 해머를 무력화시키자. 그리고 무사히 콘테스트를 개최시키는 거야!"

그렇다. 막대한 빚을 갚기 위해서라도……!

리아가 파티에 합류한 가운데, 월름 산에서의 밤이 깊어갔다.

6

그 후로 순조롭게 월름 산의 꼭대기에 다가갔다.

"이렇게 걸었는데도 꼭대기는 아직 더 가야하는 건가? 채소도 점점 강해지는 것 같은데……."

"발이 탱탱 부었어. 이제 전체의 얼마나 올라온 걸까?"

“이제 거의 다 왔을 거야……. 얼마 안 남았으니, 조금만 더 힘내자.”

나와 아쿠아는 불평불만을 늘어놨다.

하지만 리아는 대조적으로 묵묵히 걸음을 옮겼다.

“이대로 단숨에 꼭대기에 도착해서, 야른그레이프를 먼저 손에 넣고 싶구나.”

다크니스가 걷는 속도를 높이며 리아와 나란히 섰다.

“그게 말인데…… 야른그레이프를 손에 넣은 후에 어떻게 하지?”

“부숴버리는 게 가장 좋겠지만…… 토르 해머의 번개도 견뎌낼 만큼 튼튼한 장갑을, 우리가 부술 수 있느냐는 문제가 발생해.”

리아의 말을 들을 때까지 전혀 생각해보지 않았다, 고 나는 말하지 못했다.

“하하하! 제 폭렬마법으로 박살을 내고 말겠어요!”

“관둬. 왠지 불길한 예감이 들어.”

“뭐라고요~?!”

게다가 눈 덮인 산꼭대기에서 폭렬마법을 날렸다간, 눈사태가 일어날 가능성이 있다.

“그렇다면 다니엘의 손이 닿지 않는 곳에 보관하는 게 최선 아닐까 싶구나. 왕도의 보물고는 어떠냐? 왕도라면 액셀보다 경비가 엄중하겠지.”

아쿠아가 건네준 물건이니 아쿠아가 봉인하면 될 것도 같지만, 이번 일을 생각해보면……. 역시 그건 관두는 편이 좋을 것 같다.

"뭐, 그게 현실적인 해결책이야. 왕도 쪽과의 교섭을 부탁할게, 라라티나 아가씨?"

"라, 라라티나라고 부르지 마라!!"

그런 이야기를 나누면서 착실히 목적지로 다가간 우리는 몇 시간 후, 드디어 이 산의 꼭대기에 도착했다—.

"하아, 허억…… 으으, 피곤해. 산소도 열어!"

"카즈마 씨, 힘 좀 내. 전직 은둔형 백수라서 체력이 없는 건 이해하지만……."

"으, 은둔형 백수 아니거든?! 게다가 나는 상급 직업인 너희와 다르게, 스테이터스가 평범한 모험가라고!!"

"고대 병기를 제어하는 마도구라면, 참 멋진 아이템이겠죠. 벌써부터 가슴이 뛰어요!"

목적지에 왔으니 야른그레이프를 찾아야겠지만, 그건 대체 어디에 있는 것일까.

주위를 아무리 둘러봐도 눈, 눈, 눈뿐이다.

"후하하하하하! 드디어, 따라잡았습니다."

이 목소리는……!

"허억, 허억…… 추락하는 동료를 내버리며 갈 길을 가다니, 정말 악랄한 자식들이구나! 너희가 그러고도 인간이냐?!"

다니엘과 찰리께서 납신 건가.

"보아하니, 아직 야른그레이프를 찾지 못한 것 같군요. 유감입니다만, 여러분에게 주어진 시간은 끝났습니다. 비키시죠. 야른그레이프는 저희가 찾도록 하죠."

다니엘이 한 걸음 나서자, 다크니스가 그를 막아서듯 앞으로 나섰다.

"그런 말을 들었다고 길을 양보할 수야 없지. 정 그러고 싶다면, 그 무기의 번개로 공격해봐라. 번개 공격을 맞는 건 처음이거든……. 아아, 이 몸이 얼마나 견딜 수 있을까?!"

새로운 쾌감을 상상한 다크니스가 몸을 부르르 떨었다.

"아니, 그 번개가 사용자에게도 심각한 피해를 주니 야른그레이프를 손에 넣으러 여기까지 온 겁니다만…… 슬슬 비켜주시죠."

"멈춰라! 아쿠아 님 일행에게서 떨어져!! 그리 간단히 이 마검 그람에게서 도망칠 수 있을 거라고 생각 마라! 여기서 결판을 내주지!"

이 위기 상황에서 나타난 이는 바로 미츠루기였다. 다니엘 일행을 쫓아온 건가.

"인마, 자기 일 좀 똑바로 하라고! 시간 좀 제대로 벌어달라고요, 용사님!"

"맞아, 맞아! 결국 따라잡혔잖아!"

"으그그극, 사토 카즈마! ……아쿠아 님까지……."

피로가 많이 쌓인 건지, 미츠루기는 마검 그람을 지팡이 삼으며 어찌어찌 버티고 있었다.

"적인 제가 이런 말을 하는 것도 좀 그렇습니다만, 인간의 몸으로 여기까지 쫓아온 건 정말 대단하다고 생각합니다. 그러니 좀 더 찬사를 보내야 마땅하지 않을지…… 어?"

갑자기, 발치에서 큰 진동이 느껴졌다.

다니엘이 뭔가 했다고 생각했지만, 그도 이 갑작스러운 일에 놀란 것 같았다.

"이, 이 진동은 뭐죠……?! 앗, 저건……?!"

메구밍의 고함에 답하듯, 눈 속에서 거대한 물체가 튀어나왔다.

공처럼 동그란 녹색 표면은 줄무늬 무늬가 새겨져 있었고, 달콤하면서도 풍부한 향기가 감돌았다.

"크기가 어마어마하구나!! 이, 이건 틀림없다. 왕족도 좀처럼 손에 넣지 못한다는, 최고급 머스크멜론이다!"

또 괴상한 게 튀어나온 거냐! 이딴 이세계, 정말 싫어!

"제 마법으로 태워버리겠어요!!"

"멈춰, 폭렬걸! 이건 최고급 머스크멜론이야. 흠집 내지 않고 수확해서 가져가면, 비싼 값에 팔 수 있지 않을까?"

더스트가 그렇게 말하자, 전투태세를 취한 내가 움직임을 멈췄다.

다크니스가 왕족도 좀처럼 손에 넣지 못한다고 말했잖

아…….

“좋아, 생포하자! 폭렬마법 금지—.”

“『익스플로전』!!!!!”

“어이?!”

메구밍이 다짜고짜 날린 폭렬마법에 의해, 산꼭대기는 폭염에 휩싸였다.

산산조각이 난 머스크멜론이 사방에 흩뿌려졌다. 원형을 유지하는 건 고사하고, 먹을 수 있는 부위조차 없었다.

“우왓, 즙이……. 마, 맛있어!”

더스트는 하늘에서 떨어지는 과즙을 핥아 먹고 감격했다.

“또 저지른 거냐……. 부탁이니까, 사람 말 좀 들어!”

“어차피 쓰러뜨렸으니 괜찮지 않나요?”

마력이 바닥난 메구밍이 만족한 표정으로 눈 위에 벌러덩 쓰러졌다.

공격의 핵심인 폭렬마법을, 이렇게 낭비하면 어떻게 하냐고!

확 저대로 내버려 둘까.

“추우니까 빨리 업어주세요. 저 덕분에 위기에서 벗어났잖아요. 이제 마음 놓고 야른그레이프를—.”

“유감이지만, 여러분은 한발 늦었습니다.”

그 냉철한 목소리를 듣고 고개를 돌려보니, 검은색 장갑을 낀 다니엘이 씨익 웃었다.

“손에 낀 건, 설마……?!”

"다니엘 님, 해내셨군요!!"

"큭…… 머스크멜론에 정신이 팔린 사이에……! 이 자식들아, 비겁하잖아!!"

미츠루기가 분노를 터뜨리자, 다니엘은 어깨를 으쓱했다.

"당신들에게 비겁하다는 말을 듣다니, 어처구니가 없군요. 자, 드디어 염원하던 야른그레이프를 손에 넣었습니다! 토르 해머의 진정한 힘을, 지금이야말로……!!"

"다니엘의 성에서 본 그 번개를 자유자재로 날릴 수 있다면, 솔직히 승산이 없어……. 다들! 일단 후퇴하자!"

"후하하하하하! 저를 실컷 방해한 당신들을 간단히 보내줄 거라고 생각합니까? 울부짖어라, 번개여!!"

"어, 자, 잠깐만?! 꺄아아아아!!"

서 있는 게 고작인 메구밍을 향해, 번개가 뻗어갔다.

"메구밍! 위험해!! 우아아아아아아아아아!!"

번개가 명중하기 직전, 리아가 몸을 던졌다.

"리아!!"

토르 해머에서 뿜어진 여러 줄기의 번개 중 하나가, 리아의 가슴을 꿰뚫었다—.

"카즈마, 카즈마! 어쩌죠?! 리아가…… 저를 감싸다……!"

나는 패닉에 빠진 메구밍을 밀쳐내며 리아에게 뛰어갔다.

"리아! 어이, 리아! 정신 차려! 눈 좀 뜨라고!"

"아, 아아…… 리아를 상처입힐 생각은 없었는데……."

리아가 메구밍을 감쌀 거라고는 생각도 못 한 건지, 공격한 당사자가 가장 동요했다.

"어이, 숨을 안 쉬잖아?!"

"아쿠아, 빨리 이쪽으로 오세요! 빨리요!!"

괜찮아. 아쿠아가 있으니 소생시키는 게 가능해!

"아니…… 리아가, 죽었다고?"

절망에 빠진 다니엘이 그 자리에서 무릎을 꿇었다.

"우와아아아아아아!! 내가…… 내가 무슨 짓을 한 거지?! 최애를 죽이다니, 이런 전대미문의 실수를……! 이제 다 틀렸어. 죽자……."

공허한 눈길을 머금으며 몸을 일으킨 다니엘은 토르 해머로 자기 머리를 내려치려 했다.

"다니엘 님, 진정하십시오!"

찰리가 야단법석을 피우고 있지만, 지금은 저놈들을 신경 쓸 겨를이 없다.

"큭! 드디어 토르 해머를 조종할 힘을 얻었지만, 다니엘 님이 이런 상태여선 불리해…… 일단 후퇴하자!"

"우오오오오오오오오……! 리아~!!"

"자, 다니엘 님! 울음 그만 그치고 빨리 가시죠!"

한사코 움직이려 하지 않는 다니엘을 안아 든 찰리가 그대로 도주했다.

다니엘 일행이 후퇴하면서, 토르 해머의 위협은 사라졌지만…….

"으으…… 동료 한 명 지키지 못하면서 뭐가 용사냐! 나는…… 용사 실격이야……!"

이 상황에서 미츠루기만이 풀이 죽은 채 슬퍼하고 있었다.

"『리저렉션』!!!!!"

아쿠아가 손을 내밀자, 리아가 상냥한 빛에 휩싸였다.

"으음…… 여기는……?"

"아, 돌아왔구나. 아쿠아도 마법 하나는 대단하다니깐."

"흐음~, 나도 이런 식으로 부활했나 보네."

『리저렉션』 경험자인 나와 더스트는 태연히 이 상황을 받아들였다. 메구밍과 다크니스도 이 광경에 익숙하기에 같은 반응을 보였다.

"어……?"

미츠루기만은 첫 체험이라 그런지, 입을 쩍 벌리며 깜짝 놀랐다.

"나한테 이 정도는 식은 죽 먹기야! 이래 봬도 여신이거든!!"

"여, 역시 아쿠아 님! 대단한 여신님이십니다!"

이 기적을 보자, 아쿠아를 향한 미츠루기의 광신도 레벨이 상승한 것 같았다.

"리아, 자기 이름을 기억하나요? 여기가 어디인지 아시겠어요?"

"…………."

리아는 이름을 불렀는데도 멍하니 허공만 응시하고 있었다.

"……잠깐만. 어딘가 이상해. 다시 물을게. 여기가 어디인지 알겠어?"

반응이 둔한 리아의 눈앞으로 검지를 내민 후, 좌우로 흔들었다.

하지만 그녀의 눈은 전혀 다른 방향을 향하고 있었다.

"……생각났어."

그리고 느닷없이 그렇게 말했다. ……이거 혹시 큰일 난 거 아냐?

"아! 혹시, 기억이 돌아온 거야?"

기억? 아쿠아는 이해한 것 같은데, 대체 무슨 소리지?

"같이 잡혀 있을 때, 리아한테 들었어. 자기는 2년 전까지의 기억만 가지고 있대."

그러고 보니 전에 무희를 하는 이유를 물었을 때, 기억이 없다고 말했었다.

"아, 생각났어……! 내가, 이 세상에 온 이유가……!"

메구밍이 기뻐할 만한 소리를 늘어놓네. 이거, 소생에 실패한 거 아냐?

……일단 이야기를 맞춰주도록 할까.

"이 세상……?"

리아는 조용히 고개를 끄덕이더니, 나와 아쿠아를 번갈아 쳐다보았다. 그 눈길에는 그리움이 어려있는 것 같았다—.

제6장

1

월름 산에서 야른그레이프를 다니엘에게 빼앗기고, 며칠이 흘렀다.

나는 아쿠아 일행과 함께, 액셀 하츠가 지내는 집의 로비에서 앞으로의 일을 상의하고 있다.

"어찌 된 건지 다니엘이 얌전히 있네요. 토르 해머의 힘을 자유자재로 다룰 수 있을 텐데……."

"이곳에 쳐들어오지도 않고, 다른 마을을 습격했단 소식도 없지. 이 침묵은 감사할 따름이지만, 한편으로 걱정이 되는걸."

"리아가 자기 손으로 죽인 충격에서 아직 벗어나지 못한 거 아냐?"

난리를 피우길 바라는 건 아니지만, 너무 조용하니 불안해졌다.

"이유야 어쨌든 간에, 다니엘에 얌전한 덕분에 왕도에서의 무희 콘테스트 본선은 예정대로 열리겠는걸."

나는 쭉 입을 다물고 있는 에리카와 시에로를 쳐다보며 그렇게 말했다.

"그것 말인데…… 실은 문제가 하나 있어."

"문제?"

"콘테스트 본선 당일까지 이제 시간이 얼마 안 남았는데……. 리아가 방에 틀어박혀서 나오지를 않아."

"마음 같아선 함께 연습하고 싶은데 말이에요. 어쩌면 좋을까요……."

그날 이후로 리아는 얌전……해졌다기보다, 아무 말도 하지 않으며 방에서 틀어박혀 지냈다. 나는 그 이유를 짐작할 수 있었다.

"……리아는 월름 산에서 기억을 되찾은 후로 좀 이상해. 건강하긴 한 거야? 밥은 챙겨 먹고 있어?"

아쿠아가 저런 소리를 하니, 마치 자기 딸을 걱정하는 고향의 엄마 같은걸.

"식욕은 있는 것 같아. 식사를 방 앞에 두면, 어느새 깨끗하게 비운 식기가 밖에 놓여 있거든."

"그리고 저희 몰래 화장실에 가요. 그리고 필요한 게 있으면 편지를 두고요……."

……그냥 은둔형 외톨이가 된 거잖아!

왠지 내 옛날이야기를 들은 것 같아서 가슴이 아프다…….

"리아가 저런 상태여선, 그냥 기권하는 수밖에—."

"그건 안 돼! 이제까지 힘내왔잖아……. 간단히 포기해선 안 돼!"

우승 상금 10억 에리스 획득은 액셀 하츠에게 달려 있다! 그걸 위해 얼마나 고생했는데! 특히 내가 말이야!

"그건 그렇지만, 이래선 어쩔 수가—."

고개를 푹 숙인 에리카가 기어들어 가는 목소리로 중얼거렸다.

"잘 들어. 본선에 나가는 건 각지의 예선에서 이긴 여덟 유닛뿐이야. 너희는 이미, 몇 천이나 되는 무희 유닛의 꿈을 짊어지고 있다고!"

"뭐?!"

에리카와 시에로가 화들짝 놀란 표정으로 나를 쳐다봤다.

"꿈이 깨진 무희 유닛을 위해서라도……. 너희는 본선 토너먼트에 최고의 컨디션으로 서야 하는 의무가 있어!"

"화, 확실히…… 저희는 자기 일만 생각했네요. 카즈마 씨는 정말 대단해요……."

뭐, 나도 자기 생각만 하고 있지만 말이다.

"프로듀서인 나에게 보여줘. 너희가 본선에서 빛나는 모습을 말이야!!"

""네, 프로듀서!!""

에리카와 시에로가 눈을 반짝이며 힘차게 대답했다.

내 동료 세 사람과 다르게, 이 두 사람은 참 솔직해서 다행이다.

"……왜 할 말이 있는 듯한 표정으로 쳐다보는 거죠?"

“아무것도 아냐.”

내 시선을 눈치챈 메구밍이 퉁명한 표정으로 나를 쳐다봤다.

“프로듀서……? 혹시 카즈마도 온 거야?”

문이 열리는 소리가 들리더니, 방에서 리아가 나왔다.

얼굴이 핼쑥하지도, 안색이 나쁘지도 않았다.

“리아에게도 카즈마의 열의가 전해진 거구나……!!”

에리카는 기쁨의 눈물을 흘렸다.

열변을 토한 보람이 있는걸.

“리아, 곧 본선이잖아. 함께 연습하자!!”

“연습……. 그 전에, 아쿠아와 카즈마에게 해줄 중요한 이야기가 있어. 방에 들어와 주지 않을래?”

“카즈마와…… 나에게……?”

나와 아쿠아는 진심으로 질색했다.

일전에 청소했던 리아의 방은 다시 쓰레기로 가득 차 있었다. 나와 아쿠아는 발치를 살피면서 방 안으로 들어갔다.

역시 또 쓰레기장이 된 거냐. 그럴 것 같아서 질색한 거라고!

“왜, 왜 이 방에서 이야기해야 하는 거야?”

“아, 중요한 이야기거든. 게다가 두 사람 이외의 애들에게는 들려주고 싶지 않아…….”

비밀 이야기인가. ……하다못해, 환기는 했으면 한다.

“그래…… 알았어. 아쿠시즈교에 입교하고 싶으니 한마디 거들어달라는 거구나!”

"그건 절대 아닐걸?"

그렇게 단언한 나에게 아쿠아가 달려들었기에, 나는 진심으로 저항했다.

"……생각이 났어."

그런 우리를 보고도, 리아는 꿋꿋하게 자기 이야기를 했다.

"아, 기억이 돌아왔댔지? 잘됐네."

"리아의 가족과 친구도 걱정하고 있을 거야. 연락은 했어?"

"……내 부모님은, 이 세계에 안 계셔."

"이 세계에……?"

나는 그 말에 무심코 반응했다.

"솔직하게 말할게. 나는 일본에서 이곳으로 전생한 사람이야."

아쿠아는 손뼉을 치면서 몇 번이나 고개를 끄덕였다.

"어머, 역시 그랬구나! 실은 나도 리아를 어디서 본 적이 있는 것 같다고— 어어어어어어어어어어어?!"

"어어어어어어어어?!"

아쿠아의 비명을 지르자, 나도 덩달아 비명을 지르고 말았다.

"나는, 일본에서 이 세상으로 전생했어."

"정말이야?! 그러고 보니 리아는 머리카락이 검은색이니까, 일본인이라도 위화감이 없긴 해……."

듣고 보니 일본인 같은 외모를 지녔다.

이 세상에는 특이한 머리 색깔이나 이목구비를 지닌 사람도 있지만, 일본인과 비슷한 외형을 지닌 사람도 있긴 해서 그런 의심은 안 했다.

"이름이 사토 카즈마인 걸 보면, 카즈마도 마찬가지지? 그래서 너한테는 털어놓기로 한 거야. 그리고 아쿠아…… 아니, 아쿠아 님. 당신은 진짜 여신님이죠? 전생할 때 만났었잖아요."

"……아~, 응! 맞아, 맞아! 기억해! 그렇게 중요한 일을 내가 깜빡할 리가 없잖아!"

아쿠아는 세차게 고개를 끄덕였다.

이 애, 까맣게 잊었던 게 분명해…….

"하지만, 아쿠아 님이라고 불리니 좀 멋쩍네. 그냥 아쿠아라고 불러도 돼."

"……알았어. 그렇게 할게."

경악스러운 사실에 아연실색하긴 했지만, 일단 이걸로 한 건 해결된 건가.

……어라? 그렇다면…….

"기억이 돌아온 건 잘된 일이잖아. 그런데 왜 방에 틀어박힌 거야?"

"……생각을 해봤어. 이대로 무희로 계속 활동해도 될지를 말이야. 내 이야기를 좀 해도 될까?"

나와 아쿠아가 말없이 고개를 끄덕이자, 리아는 콘지로라는 봉제 인형을 옆에 둔 후에 진지한 표정으로 이야기를 시작했다—.

"나는 원래, 일본에서 아이돌로 활동했어."

"그, 그래?! 이름이 뭐였어?!"

유명한 그룹에 속해 있었다면, 나중에 사인을 받아둬야지.

"이름을 알려줘도 모를 거야. 수많은 멤버 중의 한 명에 지나지 않았거든."

얼마 전까지 아이돌 그룹은 대규모 인원 유닛이 유행했다. 리아도 그중 한 명이었던 것이다.

"연수생으로서 레슨을 받다, 데뷔가 결정됐을 때는 기뻤어……."

당시를 떠올리며 그리워하는 것일까. 리아는 약간 쓸쓸한 미소를 머금었다.

"그래서 리아는 춤과 노래가 능숙했던 거구나."

"하지만 어느 날, 목에 문제가 생겨서…… 노래를 못하게 됐어. 충격을 받아서 가라앉아 있을 때, 교통사고까지 당했는데…… 그 바람에 이 세계로 전생했어."

"……나와 똑같네."

나와 마찬가지로 괴로운 과거를 가지고 있었던 건가.

"엄밀하게 따지자면, 카즈마 씨는 교통사고가 아니라 트럭에 치였다고 착각에 빠져서 쇼크사한 거지만 말이야."

"너무해!"

그런 걸 잠자코 있어 주는 상냥함도 없는 거냐.

"으음…… 이야기를 계속해도 되지?"

진지한 표정으로 헛기침을 하는 리아를 본 나와 아쿠아는 다시 그녀를 향해 시선을 돌렸다.

"전생하고 가장 기뻤던 건, 다시 노래를 할 수 있게 된 거야……. 옛날처럼 노래하고, 춤추고 싶었어."

진심 어린 미소를 머금은 리아의 얼굴에서 눈을 뗄 수 없었다.

"하지만 나는 전생자……. 마왕을 해치우고, 이 세상을 구해야 하는 사명을 지녔어. 고등학교에서 장도부여서, 랜서로서 레벨을 올렸어."

장도부였기 때문에 창을 잘 다루는 건가.

리아는 나와 다르게 성실하게 마왕 토벌을 목표로 삼았던 거구나. 대단한걸.

"카즈마 씨와 다르게 대단하네."

맞는 말이지만, 아쿠아가 저렇게 말하니 화가 난다.

"하지만—."

리아의 표정이 갑자기 어두워졌다.

"어느날, 마차로 이동하던 도중에 몬스터에게 습격을 당한 나는 마차 밖으로 떨어지면서 그대로 절벽 아래로 추락했어. 그 바람에 자기 이름도, 자기가 일본에서 온 전생자라는 것도 잊은 거야……. 그 후로 얼마 후, 무희를 꿈꾸는 시에로와 에리카를 만나게 됐어."

나도 이세계에서 고생했지만, 리아도 처절한 경험을 한 건가.

"기억은 잃었지만, 몸은 내 노래와 춤을 기억하고 있었어. 그걸 본 시에로와 에리카는 나에게 같이 유닛을 짜자고 말해줬어. 정말 기뻤다니깐. 이 세상에 오고 처음으로 동료가 생긴 거니까……."

그럴 때에 두 사람과 만난 건가.

……내가 만난 두 사람과는 너무 차이가 나는 것 아니옵니까? 게다가 이딴 애까지 딸려왔잖아.

나는 아쿠아를 쳐다보며…… 땅이 꺼지도록 한숨을 내쉬었다.

"어, 뭐야. 왜 한숨을 쉬는 건데?"

나도 이세계에서 제대로 된 만남을 가지고 싶었어!

"그래. 그런 일이 있었구나……."

"그러고 보니 『리아』란 이름은 기억을 잃고 나서 지은 이름이지? 본명은 뭐야?"

"본명 같은 건 아무래도 좋아. 이미 리아란 이름으로 불리는 데 익숙해졌거든. 그것보다…… 나는, 무희를 계속해도 되는 걸까?"

그 고민 때문에 요즘 여러모로 이상했던 건가.

"무희, 관두고 싶은 거야?"

"그럴 리가 없잖아! 하지만, 나는 전생자니까……. 한시라도 빨리 마왕을 쓰러뜨리기 위해 노력해야 할 것 같은데…….”

그랬구나……. 나는, 이제까지 그딴 고민을 한 적이 한 번도 없다! 마왕 같은 건 미츠루기 같은 녀석들에게 맡겨두면 된다고.

“대단해! 내가 부여한 용사로서의 사명을 달성하기 위해 힘써주는 거구나!!”

아쿠아는 리아의 말에 감동한 것처럼 눈을 반짝였다.

그리고 왠지 나를 힐끔힐끔 쳐다봤다. ……이쪽 쳐다보지 말라고.

“하지만 말이지? 그렇게 슬픈 표정으로 힘써주는 건 좀 아니란 느낌이 들어……. 리아가 진짜로 하고 싶은 건 뭐야?”

“내가 진짜로 하고 싶은 것……?”

“그대, 고민이 있다면, 현재를 즐겁게 살아가세요. 즐기는 것을 우선하면서 살아가세요……. 그리고 자기 자신을 억누르지 않으며, 본능에 따라 나아가세요!”

“……아!!”

리아의 표정이 약간 밝아졌다.

아쿠시즈교의 말도 안 되는 교의가, 리아의 마음을 흔든 것 같았다.

“후훗. 아쿠시즈교의 위대한 가르침이야!”

“아쿠아……!”

“매일 평화롭게 살아갈 뿐인 내가 이런 말을 하는 것도

좀 그렇지만, 여신 본인이 저렇게 말하잖아. 그냥 좋아하는 걸 우선해도 되지 않을까? 무희 활동을 하면서 동료를 얻었고, 우리와도 만났는걸. 시에로와 에리카도, 리아와 함께 춤추고 싶어 하거든?"

우선 마음을 추스르고, 의욕을 내지 않으면 죽도 밥도 안 된다.

"네가 할 수 있는 건, 빨리 이 방을 나가서 시에로와 에리카를 안심시켜준 후…… 콘테스트에서 우승하는 거야!!"

"카즈마……!"

리아는 완전히 기운을 되찾은 눈길로 나를 쳐다보더니, 힘차게 손을 말아 쥐었다.

좋아. 이걸로 빚 청산을 향한 길이 다시 뚫렸어!

2

시에로와 에리카의 위로 덕분에 완전히 마음을 다잡은 리아는 레슨에도 참가하면서 바쁜 나날을 보냈다.

그리고, 드디어 무희 콘테스트 본선 첫날.

조금이라도 행사장의 분위기를 띄우기 위해 아쿠아, 메구밍, 다크니스도 데리고 왔다.

"오늘 뭘 하러 여기에 온 건지는 알지? 액셀 하츠를 응원하는 거야."

"알아! 콘테스트는 토너먼트 형식이며, 실제로 쇼를 선보이는 거지? 열심히 응원할래!"

"결국 오늘까지 다니엘이 단 한 번도 모습을 보이지 않은 게 좀 마음에 걸린다만…… 지금 중요한 건 콘테스트지!"

"자, 콘테스트 첫날의 분위기를 확 띄우는 거예요! ……내 폭렬마법의 위력, 왕도 전체에 널리 알려주겠노라!!"

"제발 부탁이니까 마을 밖에서 써."

행사장의 관객석에 세 사람을 둔 후, 나는 혼자 대기실로 향했다.

출전자 전원이 이용하는 커다란 방 안에는 긴장감이 흐르고 있었으며, 모든 출전자가 강적처럼 보였다. 하지만 액셀하츠 또한— 다른 이들에게 밀리지 않는걸.

이제까지의 경험을 살리고 있는 건지, 긴장을 한 것 같기는 해도 겁을 먹지는 않았다.

"너희 셋은 드디어 본선 날을 맞이했어. 오늘까지 해온 가혹한 연습은 헛되지 않아! 너희 실력을 똑똑히 보여주라고!"

나는 세 사람에게 격려의 말을 건넸다.

"말 안 해도 알아! 내가 가장 귀엽다는 걸, 사람들에게 똑똑히 알려줄 거야!"

"으으, 어쩌지. 남자가 잔뜩 있어……. 시, 실수로 두들겨 패지 않게 조심해야……."

"진짜로 부탁해. 문제를 일으켜서 부전패로 처리되기라도 하면 큰일이거든."

그나마 여성만 출전해서 다행이다. 남성 유닛도 있다면, 너무 걱정되어서 쳐다보지도 못할 것이다.

"시에로와 에리카의 꿈을 위해…… 나도, 온 힘을 다해 노래할게!"

동그랗게 둘러선 액셀 하츠가 기합을 넣었다. 무희 콘테스트는 곧 그 막이 오르려 하고 있었다—.

3

"자, 드디어 본선에 치르게 됐는데……. 이쯤에서 본선의 룰을 복습해두자."

나는 대기실에서 액셀 하츠의 세 사람에게 간략하게 설명을 해줬다.

콘테스트 본선 출전이 확정된 여덟 팀이 두 팀씩 대결을 펼친다. 그리고 이기고 올라간 네 팀이 단체전 형식으로 결승전을 치르는 것이다.

설명을 마친 후에 무대에 설 때까지 쉬고 있으라고 말했을 때, 마치 타이밍을 재기라도 한 것처럼 대기실의 문이 열리면서 다크니스가 주위를 두리번거렸다.

"어이, 카즈마. 여기 있느냐? 할 이야기가 있다만……."

"다크니스? 갑자기 무슨 일이야?"

"왕성에서 연락이 왔다. 다니엘에 관한 일로 할 이야기가 있다니까, 카즈마도 같이 가자."

"……알았어. 금방 갈게."

역시 무시할 수는 없겠지.

"그럼 나는 다른 볼일이 생겼으니까 잠시 자리를 비우겠어. 쇼가 시작되기 전까지 돌아올 테니까, 준비하고 있어."

4

성으로 불려간 나와 다크니스는 자세한 이야기를 들었다—.

"바쁘신 와중에 시간을 내주셔서 감사합니다. 간략하게 이야기를 드릴 테니, 잠시만 시간을 내주십시오."

성의 한 방으로 안내된 우리는 왕의 시종으로 보이는 이에게 이야기를 들었다.

"우선 감사부터 드리겠습니다. 이 나라에 국가적 재난을 일으킬지도 모르는 고대 병기와 그 사용자에 관한 정보를 제공해주신 점, 진심으로 감사드립니다."

"네. 저희도 어떻게든 저지해보려고 했습니다만!! 간발의 차이로 적들이 의식을 성공시키고 말았어요!!"

전부 우리 탓이란 점은 눈곱만큼도 티내지 않았다.

"죄송합니다. 그 의식이 성공한 건 제 동료의—."

다크니스가 바보처럼 진상을 이야기하려 하자, 나는 그녀의 입을 막았다.

이 애는 왜 솔직하게 다 털어놓으려고 하는 건데!

"다크니스! 내가 설명을 하고 있잖아. 이 자리는 리더인 나한테 전부 맡겨!"

어, 어이, 괴력으로 저항하지 마.

"카즈마, 이 자식…… 흐읏!"

저항할 힘이 없도록 『드레인 터치』로 이 애의 기운을 빨아들였다.

아쿠아 탓에 의식이 성공했다는 건, 무조건 숨겨야 한다. 안 그랬다간 손해 배상을 청구 당할지도 모르니까 말이다…….

"저기, 이야기를 계속해도 되겠습니까? 어흠……. 실은 왕도에서도 밀사를 보내서 독자적으로 조사를 했습니다. 그 결과, 전직 마왕군 간부 후보 다니엘을 매우 위험한 인물로 판단해…… 5억 에리스의 현상금을 걸기로 했습니다."

"오, 5억 에리스……!"

"또한 마왕군 간부를 쓰러뜨린 실적이 있는 카즈마 님께도, 다니엘 토벌을 의뢰하고 싶습니다만……."

즉, 콘테스트에 우승하고 다니엘도 해치우면, 빚 청산을 하고도 돈이 두둑하게 남는다는 뜻! 가난뱅이에서 떼부자로 바로 전직하는 것이다……!

"후후후…… 수많은 마왕군 간부를 해치운 이 사토 카즈마에게, 맡겨주십시오!”

5

“요즘 얌전하긴 해도, 역시 다니엘은 위험하구나. 빨리 우리 손으로 해치워버리자……!”

“그래. 5억이나 벌 수 있잖아……. 그래도 일단은 무희 콘테스트가 우선이야!”

밝은 미래를 망상하며 극장으로 돌아온 나는 들뜬 기분으로 대기실의 문을 열었다. 그리고 힘찬 목소리로 말했다.

“다들~, 돌아왔어~. 준비는 끝난 거야~?”

“““…………….”””

돌아온 것은 침묵이었다.

왜 셋 다 표정이 어두운 거지? 아직 긴장이 풀리지 않은 걸까.

“어? 너희들, 곧 무대에 설 시간이잖아? 옷 안 갈아입어도 돼?”

“카즈마…… 큰일 났어!”

리아가 절박한 표정으로 나에게 다가왔다.

“큰일? 뭐가 말이야?”

내가 그렇게 묻자, 시에로가 리아를 밀쳐내며 대답했다.

“저희 의상이…… 사라졌어요!!”

"그래, 의상이이이이이이이이이?!"

그래서, 다들 안 갈아입은 거구나!

"카즈마, 어쩌지?! 없어! 우리의 무지 귀여운 의상이 사라졌어!"

"진정해, 에리카! 일단 생각해봐! 실수로 다른 곳에 두고 왔다거나, 다른 사람에게 맡긴 거 아냐?!"

"그렇지 않아요! 의상이 들어 있는 자루를 방금 벽 쪽에 뒀단 말이에요!"

그럼, 몇 분 사이에 사라진 건가?!

"누가 장난친 거야? 아니면 팬이 가지고 갔다거나? 으으~ 이렇게 되면 지금 옷차림으로 무대에 서!!"

심사위원과 관객의 평가가 낮아지겠지만, 무대에 안 서는 것보다는 낫다.

"무리야. 의상은 미리 등록해둔 것만 입고 무대에 설 수 있거든. 유감이지만, 찾지 못한다면 기권—."

"기권? 리아 일행의 쇼를 볼 수 없는 건가요?"

느닷없이 메구밍의 목소리가 들려왔다. 고개를 돌려보니, 관객석에 있어야 하는 두 사람이 이 자리에 있었다.

"메구밍과 크리스구나. 여기에는 왜 온 거야?"

"무대를 앞둔 리아 일행을 격려해주러 온 거예요. ……뭔가 방법이 없나요?"

"뾰족한 수가 없네. ……메구밍은 그렇다 치고, 크리스는 왜 여기 있는 거야?"

"나는 우연히 만난 메구밍을 따라왔을 뿐이야."

"크리스는 카즈마가 하는 일에 흥미가 있나 봐요."

뜻밖인걸. 남들 앞에 서서 주목을 모으는 걸 꺼리는 타입이라고 생각했는데 말이다.

언뜻 보면 남자로 착각할 듯한 몸매에, 얼굴은 미소녀다. 흐음, 확실히 지금의 액셀 하츠에 없는 인재이기는 했다.

겉모습을 보면, 여성에게 인기가 있을 것 같다.

하지만, 이 세상에서도 여자애는 아이돌을 동경하는 것일까.

"좋아, 알았어. 지금은 바쁘니까, 오늘 밤에 면접을 보자."

"어, 이상한 방향으로 폭주하고 있는 거 아냐?! 내가 흥미 있는 건 카즈마의 프로듀스야! 엄청 짭짤하게 버는 것 같거든."

뭐야, 그쪽이었냐고.

아, 맞다! 크리스는 도적이니까, 딱 적당하지 않을까.

"크리스, 미안하지만 좀 도와줘."

"느닷없네. 도와달라는 건, 방금 이야기한 의상 건이지? 뭐, 좋아. 이미 한배를 탄 몸이잖아."

6

"현장에 있던 발자국으로 볼 때, 의상 도둑은 이쪽으로 도망쳤어."

크리스는 마을 안을 빠른 걸음으로 나아가며 그렇게 말했고, 나는 그녀의 뒤를 따랐다.

"그런 것도 알 수 있구나. 역시 동업자네."

"저기, 도적과 도둑은 완전 다르거든?! 지금 쫓는 건 도둑…… 그래도 이상하네."

"이상하다니, 뭐가 말이에요?"

나도 메구밍의 의문에 동의했다. 뭐가 이상하다는 걸까.

"발자국이나 행동의 흔적이…… 인간 같지 않다고나 할까……."

인간 같지 않아? 그렇다면, 짚이는 구석이 있는데—.

"앗, 저기 있어요! 저게 리아 일행의 의상 아닌가요?!"

메구밍이 손가락으로 가리킨 곳에는 후드를 걸친 덩치 좋은 남자들이 있었다.

그리고 그들은 리아 일행의 의상을 손에 쥐고 있었다.

"거기 있는 수상한 자들!! 리아 일행의 의상을 돌려주세요!!"

"기다려, 메구밍. 이 자식들, 어딘가 이상—."

내가 메구밍을 말린 순간, 우리를 돌아본 그 남자들은 깊이 눌러쓴 후드를 벗었다.

""""그오오오오!!""""

"트롤?! 찰리와 다니엘은 아닌 것 같지만, 너희가 의상을 훔쳐 간 거냐……."

그 두 사람이 상대라면 버겁겠지만, 이 자식들만이라면

되찾는 것도 가능할지도 모른다.

"어이, 트롤! 그건 돈줄…… 아니! 리아 일행의 의상이야! 돌려달라고!!"

내가 저격 스킬로 쏜 활이 의상을 안아 들고 있던 트롤의 어깨에 명중했다.

"저 밀집 상태는 마치 공격해달라고 말하는 것만 같군요! 쏴도 될까요?! 괜찮죠?!"

"당연히 안 되지! 여기는 왕도라고. 액셀과 달리, 여기서 폭렬마법을 쓰면 문제가 돼!"

"아니, 액셀 마을에서도 문제가 되는 건 마찬가지인데……."

질린 듯한 크리스는 피곤한 것처럼 손으로 이마를 짚었다.

"으으으, 잡힐까 보냐……. 이것만이라도, 다니엘 님께……!"

"거기 서! 놓칠까 보냐!!"

"카즈마, 의상은 무사해. 우리의 목적은 어디까지나 의상을 되찾는 거잖아."

크리스가 지면을 굴러다니는 의상을 주워 들었다.

내가 방금 쏜 화살을 맞고 의상을 놓친 건가.

"……쳇, 어쩔 수 없네. 지금은 이 의상을 가져다주는 게 우선이야."

하지만 아까 트롤이 다니엘의 이름을 입에 담은 것 같은데, 잘못 들은 걸까……?

7

"오래 기다리셨습니다. 무희 콘테스트 본선, 다음에 등장할 유닛은 액셀 출신의 3인조 『액셀 하츠』입니다!!"

출전자보다 더 눈부시고 돋보이는 옷차림을 한 사회자가 과장된 손짓 발짓을 취하며 소개한 리아 일행이, 무대 뒤편에서 힘차게 등장했다.

"안녕하세요~! 액셀 하츠예요~!! 너희를 내 귀여움에 푹 빠지게 해줄게~!"

"최, 최선을 다 할 테니, 많은 응원 부탁드려요!"

어, 어찌어찌 늦지 않았는걸. 이제 리아 일행이 최고의 퍼포먼스만 보여주면 돼!!

"저희의 노래를 들어 주세요……. 액셀 하츠의 『브라이트 쇼』!!"

세 사람의 호흡이 척척 맞는 노래와 춤은 많은 관객의 눈길을 끌었고, 심사위원에게도 좋은 인상을 준 것 같았다.

8

무희 콘테스트 본선 1차전이 끝난 날 밤. 우리는 승리 축하 파티를 열려고 리아 일행이 묵는 여관을 찾았다.

"정말 멋진 쇼였어, 리아."

홀에서 우연히 만난 에리카와 시에로를 데리고, 리아의 방 앞으로 이동했다. 그리고, 문을 두드리기 직전에 움직임을 멈췄다.

"고마워, 콘지로. 역시 노래는 좋네."

제대로 닫히지 않은 문틈으로 목소리가 들려왔기에, 몰래 훔쳐 들었다.

"기억을 되찾은 후로 처음 한 쇼잖아. 이긴 것도 기쁘지만, 노래를 할 수 있는 것만으로도 정말 기뻐."

정말 기쁜 건지, 목소리가 참 밝았다.

"노래를 좋아하는 리아의 마음이 나한테도 전해졌어. 대단해, 리아. 넌 할 땐 하는 애야!"

그런 리아를 칭찬하는 건…… 연기 톤으로 말하는 리아였다.

"정말, 너무 칭찬하지 마. 부끄럽단 말이야."

……정신적으로 문제 있는 애였나.

이대로 아무것도 못 들은 척해주자는 상냥한 생각을 하며 뒤돌아서려던 순간, 문이 바람에 열렸다.

여우 인형을 안아 든 채, 굳어버린 리아와 시선이 마주쳤다.

"……아, 안녕."

"카, 카즈마?! 게다가 시에로와 에리카까지……! 저기, 언제부터 거기 있었던 거야……?"

"으음…… 저기, 미안해."

미안한 마음이 앞선 나는 일단 사과부터 했다.

"리아, 뭘 부끄러워하는 거야. 네가 그 봉제 인형과 수다

떠는 모습은 이제까지 몇 번이나—."

"봉제 인형이 아니라 콘지로야."

"콘지로는 리아에게 있어 소중한 존재구나."

"그래. 혼자서 퀘스트를 하던 시절에도 내 마음을 치유해 줬지……. 기억을 잃은 후에도, 콘지로만은 내 곁에 있어 줬어. 이제는 네 명째 액셀 하츠라고 해도 과언이 아냐."

"아니, 과언이라고 생각하는데……."

노래하고 춤추지 못하는 멤버 따윈 필요 없다.

"뭐, 좋아. 액셀 하츠의 마스코트인 걸로 하면 돼."

어라? ……그렇게 소중히 여긴다는 건, 이세계 전생 때 받는—.

"서, 설마 콘지로가 치트 아이템인 거야……?"

"치트? 저기, 카즈마. 치트가 무슨 소리야?"

이 세상의 주민인 에리카는 이해 못 하는 게 당연했다.

리아는 그 말을 듣자마자 이해한 건지, 고개를 좌우로 저었다.

"아, 그렇지 않아. 내가 받은 건…… 이 마도 건반이거든."

리아는 커다란 가방에서 흰색 건반과 검은색 건반으로 구성된 전자 악기, 키보드를 꺼내서 테이블 위에 뒀다—.

이것이 전생 특전인 건가. 그렇다면 이 키보드도 마검 그람 같은 치트급의 힘을 지닌 거겠지?

"어이, 리아. 이건 대체 어떤 능력을—."

"큰일났어!"

질문을 끝까지 잇기도 전에, 꽝 전생 특전인 아쿠아가 방안으로 뛰어 들어왔다. 메구밍과 다크니스도 함께 왔다.

세 사람이 숨을 헐떡이는 걸 보면, 여기까지 쉬지 않고 뛰어온 것 같았다.

"무슨 일이야. 왜 그렇게 당황……."

"그 자식이야! 다니엘이 왕도로 쳐들어왔어!"

"뭐라고……?!"

요즘 얌전해서 마음 놓고 있었더니…….

"그, 그 자식이 날뛰면…… 지난번 투어처럼 콘테스트가 중단될지도 몰라."

"그렇게는 안 돼! 무희 콘테스트는 무희들의 손으로 지킬 거야! 리아, 시에로! 가자!!"

"그래……. 혹시 모르니, 이것도 가지고 가자."

리아는 마도 건반에 끈을 달더니, 숄더 키보드처럼 어깨에 걸치며 방을 나섰다.

"카즈마, 우리도 가는 거지?"

"그래……. 그것보다 신경 쓰이는 게 있는데 말이야. 네가 리아한테 준 마도 건반에 대해 가르쳐줘. 대체 어떤 능력을 지닌 아이템이야?"

"뭐?! 내가 그걸 기억할 리가 없잖아!!"

이 애…… 하나도 부끄러워하지 않으며 저딴 소리를 늘어났어!

고대 병기도 그렇고, 여신의 직무 태만이잖아!!

"그것보다 빨리 가자! 콘테스트가 엉망이 될지도 몰라!"

9

"후하하하하하! 마왕군에 다시 고용되기 위해! 그리고 미래의 행복한 결혼 생활을 위해……! 어리석은 인간들에게 따끔한 맛을 보여주겠습니다!"

"오오, 다니엘 님! 드디어 성실하게 일한 마음이 드신 거군요……. 측근으로서 기쁘기 그지없습니다!"

숨어서 다니엘 일행의 이야기를 몰래 훔쳐 들어보니……스케일이 되게 작았다!

게다가 뭐? 행복한 결혼 생활?

"요즘 들어 이 자식이 아무것도 안 한 건 그냥 의욕이 안 났을 뿐이었던 거냐!"

"하지만 자기 의지로 뭔가를 시작한 점은 대단하네. 궁지에 몰리지 않으면 아무것도 안 하는 카즈마와는 딴판이야."

"맞는 말이에요."

"맞는 말이구나."

어이, 그만해. 할 말이 있다는 표정으로 나를 쳐다보지 마.

그건 그렇고, 저 자식들…… 하필이면 행사장 근처에서 일을 벌일 거냐!

“고대 병기의 압도적인 위력을 두려워하십시오! 자, 울부짖어라!! 토르—.”

더는 쳐다보고 있을 수만은 없나.

우리는 바람처럼 모습을 드러냈다.

“기다렸지?! 주인공 등장이야!”

“음…… 또 당신들입니까.”

다니엘은 지긋지긋하다는 표정을 지었다.

나도 너희와 만나고 싶지는 않았다고.

“이 마을과 무희들은 우리가 지키겠다! 번개를 날릴 거면……나, 나한테 날려라!”

“이 자리는 저한테 맡겨주세요! 자, 토르 해머와 폭렬마법……. 어느 쪽이 더 강한지, 이번에야말로 결판을 내자고요!”

다크니스와 메구밍은 저 병기를 보고도 겁먹기는커녕, 오히려 의욕을 불태웠다.

“이익, 시끄러운 벌레들이군요. 왱왱거리지 좀 말고, 빨리 무희들이나 데려오십시오.”

역시, 이 자식의 목적은 액셀 하츠인가.

“무희라면 여기 있어!!”

다니엘의 말에 답하듯, 리아 일행이 등장했다.

그 순간, 다니엘과 찰리가 흥분에 사로잡혔다.

“오오, 리아……. 역시 당신은 살아있었군요! 이렇게 재회

한 것이야말로 운명이 아니고 뭐겠습니까! 자, 이 압도적인 힘을 보고 저에게 다시 반하십시오!"

"너무 착각하니 징그러울 지경이네……. 반하기는 무슨, 리아는 너 따위한테 한 번도 반한 적 없어!!"

"여기는 수많은 무희가 꿈을 이루려 하는 무대예요! 당신들 같은 사람이 올라와도 되는 무대가 아니에요!"

리아를 감싸듯, 에리카와 시에로가 앞으로 나섰다.

"저도 무희들의 무대를 파괴하는 건 본의가 아닙니다. 허나 이것도 사랑의 시련……! 저는 오늘, 리아와 꿈같은 결혼 생활을 위해서 새로운 한 걸음을 내디딜 겁니다!"

이게 바로 갈 데까지 가버린 중증 아이돌 오타쿠인가!

"결혼…… 저 자식이 무슨 소리를 하는 거야?"

"리아, 신경 쓰지 마. 자, 시작하자!!"

나는 힘찬 목소리로 그렇게 말했지만, 안 그래도 강적인 다니엘과 찰리뿐만 아니라 자폭하지 않게 된 토르 해머라는 치트 무기도 상대해야 한다.

꽤 힘든 싸움이 될 거라고 각오했지만…….

"크윽, 이럴 수가……! 신성한 무희들의 무대를 부수지 않기 위해, 무의식적으로 손속에 사정을 둔 걸까요……."

헛소리로 치부하고 싶지만…… 아마 사실일 것이다. 움직임이 둔한 데다, 토르 해머의 능력도 발동시키지 못했다.

"흐흥, 꼴사납게 변명이나 늘어놓네."

"아쿠아, 도발하지 마!"

"변명인지 아닌지, 자기 눈으로 확인하십시오……. 토르 해머여! 지금이야말로 진정한 힘을 발휘해라! 왕도에 번개를 떨어뜨려라!!"

아쿠아의 말을 듣고 마음을 굳힌 다니엘이 토르 해머를 치켜들었다.

그러자 무기가 빛나면서, 파지직하는 소리가 몇 번이나 들려왔다.

"아니, 왕도를 휘말리게 하려는 거야?! 안 돼—!!"

나를 말리려 했지만, 다니엘이 토르 해머를 휘두르자 왕도 전체에 번개가 떨어졌다—.

"우와아!! 우, 우리 집이이이이……!!"

"왜 갑자기 번개가 떨어진 거야?! 불이 났다고!"

주민들의 고함과 비명이 사방에서 들려왔다.

무차별 광범위 공격이라니, 어떻게 대처하면 좋지?!

"크, 저런 광범위 낙뢰를 막을 수가 없다!"

"더는 못 참겠어요! 제 폭렬마법으로 해치워버리겠어요!"

"관둬, 메구밍! 마을에 큰 피해가 발생할 거야!"

게다가 낙뢰 피해까지 우리가 지게 될지도 모른다.

"그럼 어떻게 하냔 말이야, 카즈마!"

"우선 낙뢰 피해를 받지 않는 범위까지 피난하자!"

왕도의 주민들이 이 자리를 벗어나도록 피난 유도해야 한다.

"가소롭군요! 이 많은 관중을 모두 지켜낼 수 있을 거라고 생각합니까? 웃기지도 않는군요!"

"다니엘 님! 이 기세를 살려서 한 방 더 날려주십시오!!"

"네, 갑니다……. 울부짖어라, 번개여!!"

"다니엘! 상관 없는 이들을 휘말리게 하지 마라!"

다크니스가 대검을 휘두르며 저지하려 했지만, 그 공격은 평소처럼 스치지도 않았다.

시간조차 벌 수 없는 거냐!

"싫습니다! 마왕님이 저를 인정하고, 리아가 저와의 결혼을 받아들일 때까지…… 저는 마을의 파괴를 멈출 생각이 없습니다!!"

자기중심적인 데도 정도라는 게 있다고! 네가 무슨 어리광 부리는 꼬맹이냐!

"큭…… 모두를 지켜야만 해!!"

"안 돼! 가지 마, 리아!"

무슨 생각인 건지, 리아가 다니엘을 향해 달려갔다.

"무리다! 이 거리에서는 어떻게 할 수가 없어!!"

그 모습을 본 다크니스가 비통한 목소리로 그렇게 외쳤다.

"자, 각오하십시오……. 울부짖어라, 번개여어어어엇!!"

"마도 건반! 모두를, 지켜줘……!!"

극심한 고통을 상상하며 눈을 감았지만, 아무리 기다려도 번개가 떨어지지 않았다.

머뭇머뭇 눈을 떠보니, 우리는 푸른빛에 지켜지고 있었다.

"이, 이건……?"

"우와, 강력한 배리어예요. 이걸, 리아가……?"

"그것보다, 평소에도 아무렇지 않게 써왔던 마도 건반에 저런 힘이 담겨 있었던 거야?!"

동료인 시에로와 에리카도 모르는 힘인 것 같았다. ……그래, 기억을 되찾았기 때문이구나. 마도 건반의 진정한 사용법이 생각난 건가……!

배리어를 슬쩍 만져봤다. 감촉은 매끄럽지만, 비정상적으로 단단했다.

"토르 해머의 번개가 막히다니, 어떻게 이런 일이……?!"

"내가 지킬 거야……. 더는 누구도, 상처 입게 두지 않겠어!!"

"대단해요! 소리의 마력이 장벽이 되어서, 토르 해머의 번개를 차단하고 있어요!! ……카즈마, 카즈마! 이게 있으면, 언제 어디서나 폭렬마법을 날릴 수 있지 않을까요?!"

메구밍이 엄청난 발견을 한 어린애처럼 흥분했다.

그건 그렇고 기억을 되찾았다고 대활약을 하다니, 마치 이야기 속 주인공 같은걸.

"그래. 응. 저게 저런 능력을 지녔던 것 같은 느낌이 들어!"

드디어 생각이 난 걸까, 아니면 생각난 척을 할 뿐인 걸까. 아쿠아가 혼자서 납득하고 있었다.

아니, 이제 그만 입 좀 다물고 있어줘.

"저 건반에, 이런 힘이…… 대체 저건 뭐지?!"

"하아아아아아……!!!"

"크으…… 오오오오오오오……!!"

리아가 포효하자, 마도 건반이 만들어낸 배리어가 토르 해머의 낙뢰를 하늘 높이 튕겨냈다—.

"이…… 이럴 수가……! 토르 해머의 힘이 통하지 않다니……?"

"……찰리, 일단 후퇴합시다! 태세를 정비해야 하겠군요!"

교착 상태에서 먼저 조급해진 건 다니엘 일행이었다.

"기다려! 또 도망치게 될 것 같아!"

"아쿠아! 그냥 보내줘."

"리아가 낙뢰를 막아냈지만, 마을과 주민을 무차별적으로 노릴 가능성이 사라진 건 아냐……. 순순히 물러나 준다면, 우리로도 그편이 나아."

말은 그렇게 했지만 내 본심을 털어놓자면, 이대로 피해가 확대되어서 무대가 박살 나는 게 걱정됐다.

상대를 쓰러뜨리더라도 무대가 없으면, 콘테스트가 중단되고 마는 것이다.

"불확정 요소에는 함부로 다가가지 않는다, 그게 현자의 철칙이죠. 하지만, 이겼다고는 생각하지 마시길. 저는 반드시 돌아올 겁니다……. 리아를 제 것으로 만들 때까지, 몇 번이라도 말이죠!"

"다니엘 님. 리아와의 결혼에 중점을 두고 계신 것 같습니다만…… 이건 어디까지나 마왕군 복귀를 위한 일이죠?"

"그, 그렇습니다! 마왕님에게 저의 힘을 다시 인정받기 위해서죠! 오세요, 와이번!!"

……이 자식, 마왕군을 까맣게 잊고 있었던 게 틀림없어.

날아온 와이번의 등에 탄 다니엘과 찰리는 도망치듯 날아갔다.

"어찌어찌…… 끝났, 어……. 행사장의 수리와, 주민의 피난을……."

리아가 실 끊어진 꼭두각시처럼, 그 자리에서 쓰러졌다.

"리아?!"

다급히 다가가서 살펴보니, 다친 곳은 없었다. 정신을 잃었을 뿐인 것 같았다.

"아마 마력이 바닥난 거야. 그런 마도구가 리스트에 있었던 걸로 기억해."

저 마도구를 리아에게 넘겨준 아쿠아의 말이니, 틀림없을 것이다.

리아를 임시 대기실인 텐트에 눕혔고, 에리카와 시에로가 간병하고 있다. 우리는 그 동안 건물 파편을 치우는 거라도 도울까.

이곳이 복구되지 않으면 콘테스트…… 빚 청산은 무리니

까 말이야!

제7장

1

“자~, 부상자는 줄 서. 차례차례 힐을 걸어줄게.”

아쿠아의 회복 마법 대기 행렬이 생길 정도로, 부상자가 많았다.

다니엘의 맹공이 왕도에 남긴 피해는 막심했다—.

“심각하네. 콘테스트 무대가 완전 파괴됐어…….”

“다니엘은 무희 팬을 자칭하지만, 정말 분별력이 없는 것 같네요.”

“그래. 마을 주민들이 다치지 않아서 천만다행이야.”

부상자 대부분이 병사라는 점이 불행 중 다행이었다.

“잠깐만, 카즈마! 마을 복구와 부상자 치료를 전부 나한테 떠넘기려는 거야?”

“평소에 활약 안 하는 만큼, 이럴 때라도 힘 좀 내.”

“아앗~! 카즈마가 심한 말 했어! 하면 안 되는 말 했단 말이야!”

“하아, 알았다고. 그리고 네가 힘들 것 같아서 도우미도 불러놨어…….”

아쿠아가 울상을 지으며 호소하자, 나는 대충 그렇게 대꾸했다.

“하지만 그 도우미가 보이지 않는데요?”

메구밍이 주위를 둘러봤지만, 확실히 이 근처에는 도우미 같아 보이는 인물이 없었다.

“어라, 어디 간 거야?”

아, 저기 있네. 좀 떨어진 곳의 광장 구석에 있었다.

찾던 인물을 발견하고 다가가 보니, 다친 병사를 치료하고 있었다.

“고마워. 힐을 쓸 수 있는 사람이 있어서 다행이야.”

“아뇨, 괜찮아요. 이것도 프리스트인 제 소임이니까요.”

상냥하게 미소 짓는 그 갸륵한 모습에서, 병사들은 눈을 떼지 못했다.

이 모습만 보면, 세실리도 어엿한 성직자처럼 보이네.

“어이~, 이쪽도 힐 부탁해!”

“금방 갈 테니 잠시만 기다려주세요.”

“어, 그 옷차림……. 설마, 아쿠시즈교의 수녀야? 그 괴짜 천지로 유명한 거기?!”

병사는 새파란 수녀복이 아쿠시즈교의 옷이라는 걸 아는지, 노골적으로 인상을 찡그렸다.

“네, 그렇답니다. 하지만…… 괴짜 천지란 말을 들으니, 좀 슬프군요.”

“미, 미안해. 악의가 있었던 건 아냐.”

"안답니다. 일부 과격한 아쿠시즈 교도 탓에 악평이 퍼졌으니까요. 하지만…… 모든 아쿠시즈 교도가 괴짜라고 여기진 말아주세요."

세실리는 안타까운 표정을 지으며 눈을 내리깔았다.

그 모습을 보고 미안해진 건지, 병사는 머리를 긁적였다.

"알아. 당신 같은 어엿한 수녀가 있는걸……. 내가 오해했나 봐."

"개의치 마세요. 그것보다, 배가 고프시진 않나요? 이 아르칸 만주를 드세요."

세실리는 눈가를 훔친 후, 성모처럼 자애에 찬 미소를 지으며 만주를 내밀었다.

"아, 잘 먹을……."

"자, 확보~! 먹었죠? 먹었죠?! 이제 뱉어봤자 소용없거든요?!"

병사가 만주를 삼키는 모습을 끝까지 본 후, 세실리의 태도가 돌변했다.

"그걸 먹었으니, 이 입교서에 사인해주셔야겠어요! 힐도 왕창 걸어줬잖아요."

"아, 아니…… 양쪽 다 선의의 행동이었던 게—."

"선의로 왕도까지 와서 일부러 자선활동을 하는 성인이 있을 것 같아요?! 저에게 있어 이것은 자선활동이 아닌 포교활동! 아쿠아 님의 의향을 여러분에게 알리기 위한 활동이에요!!"

본성을 드러낸 세실리에게서 병사가 도망치려 했지만, 그녀는 즉시 퇴로를 차단했다.

"이렇게 신세란 신세를 다 졌으면서, 거절하지는 않을 거죠? 자, 자…… 이 입교서에 즉시 사인해주세요!!"

"히, 히이익……. 역시 아쿠시즈 교도는 정상이 아냐!!"

"지금이라면 비누와 세제도 주겠어요! 자, 빨리 사인하세요!!"

세실리는 완전히 겁먹은 병사를 향해 성큼성큼 다가갔다.

"그만해. 무서워하잖아."

일단 세실리의 정수리를 손날로 때렸다.

"아얏……! 카즈마 씨, 느닷없이 때리지 마세요. 머리가 이상해지면 어쩔 건데요!"

"이미 돌이키기엔 늦었으니까 괜찮아. 그것보다, 그딴 식으로 권유하니까 아쿠시즈교의 악평이 널리 퍼지는 거라고. 자, 빨리 부상자나 치료해줘. 네가 환장할 정도로 좋아하는 아쿠아 님도 기뻐하실걸?"

"아쿠아 님?! 아쿠아 님을 위한 일이라면 어쩔 수 없죠! 그 대신, 보수인 우뭇가사리 슬라임은 넉넉하게 받아 가겠어요!"

아쿠아의 이름을 언급한 덕분인지, 세실리는 성실하게 사람들을 돕기 시작했다. 이제 괜찮을 거라고 생각한 나는 철거 작업을 돕고 있는 괴력 콤비가 있는 곳으로 이동했다.

다크니스와 시에로는 괴력을 자랑하는 남성들을 압도하

는 활약을 선보이면서 구슬땀을 흘리고 있었다.

"역시 마초 콤비네."

""그러니까, 마초라고 부르지 마!!""

목소리도, 돌아보는 타이밍도 동시인걸.

"수고 많네. 너희 둘, 의외로 죽이 잘 맞는 거 아냐?"

"뭐, 둘 다 귀족이니 말이다."

"그렇죠."

듣고 보니 그랬다. 들은 이야기에 따르면, 시에로의 가문은 상당한 힘을 지닌 귀족이라고 한다.

그건 그렇고, 앞으로 어쩌면 좋을까. 다니엘을 어찌어찌 토벌한 후, 마음 편히 콘테스트에 집중하고 싶은데…….

왕도가 다니엘에게 건 현상금은 5억 에리스다. 그리고 내 빚은 쌓일 대로 쌓여서 약 8억……. 설령 그 자식을 해치우더라도, 빚이 3억이나 남는다.

목숨을 걸고 마왕군 간부급 적을 토벌하더라도, 빚을 청산할 수 없는 것이다. 그렇다면…….

"좋아, 결심했어! 당분간 다니엘과는 얽히지 말자. 자, 마음을 다잡고 콘테스트 우승에 집중하는 거야!"

"그, 그 마음은 기쁘지만 말이에요……."

"왜 그래, 시에로. 표정이 어둡네."

내 쪽을 힐끔힐끔 쳐다본 시에로는 뭔가 할 말이 있는 듯한 표정을 지으며 눈길을 돌렸다.

설마…… 나한테 반한 건가?

아이돌과 프로듀서이면서 연인 사이라고 하는 금단의 관계. ……나쁘지 않은걸.

"카즈마, 뭔가 착각을 하는 것 같구나. 실은 네가 없는 사이에 리아가 액셀 하츠를 관두겠다고 말했다……."

"그래. 관두는 거구나. 뭐, 실력주의인 업계니까 관두는 것도—."

아이돌 은퇴는 흔한 이야기, 니, 까…… 뭐?!

"어, 어어어어어어?! 그게 무슨 소리야?! 자세하게 말해 봐! 아니, 리아는 지금 어디 있는데?!"

"아마, 집에 있을 것 같다만……."

너무 동요한 바람에 시에로의 어깨를 만질 뻔했지만, 남성 공포증을 떠올리고 겨우겨우 참았다.

리아가 관뒀다간…… 액셀 하츠는? 콘테스트는? 내 빚은 어떻게 되는 건데?!

일단 이야기를 들어봐야 판단을 내릴 수 있을 것 같다.

나는 액셀 하츠가 사는 집으로 서둘러 향했다—.

2

리아의 탈퇴 이유를 듣기 위해 여기까지 오긴 했는데…… 어떻게 설득하지?

그녀의 방 앞에 서 있기는 하지만, 문제는 이제부터다.

"자, 카즈마도 무슨 말 좀 해봐."

에리카에게 어깨를 떠밀려서 문 쪽으로 다가섰다.

무슨 말을 하면 좋을까.

"어이, 리아……. 액셀 하츠를 관둔다고 들었는데, 진심이야?"

"…………."

대답은, 없나.

"카즈마 씨는 화 안 났어. 그저 리아를 걱정할 뿐이야."

시에로가 상냥히 말을 건네자, 문이 열리면서 리아가 모습을 드러냈다.

등 뒤로 보이는 방의 참상과 풍겨 나오는 악취는 무시하기로 하겠다.

"……멋대로 결정해서 미안해. 하지만 무희로 활동하면서 다니엘을 해치우는 건 무리야. 세상에 위기를 가져오는 자를, 나는 쓰러뜨려야만 해."

성실하네……. 기억이 돌아온 탓에 전생자로서의 사명감이 강해진 건가?

이대로 마왕 토벌까지 해준다면, 내 부담도 줄 테고 아쿠아도 기뻐할 것이다. 하지만 이 타이밍에 액셀 하츠를 관두는 건 곤란하다……! 우승 상금을 손에 넣는 미래가 사라지고 말아……!

"뭐~, 다니엘이 위험한 녀석이라는 건 이해해. 하지만! 그럴 때야말로 모두를 미소 짓게 하는 액셀 하츠 같은 존재가 필요한 거 아니냐고!"

"카즈마……."

"다니엘에게 걸린 현상금은 5억, 콘테스트의 우승 상금은 10억……. 숫자만 봐도, 세간에서는 무희 콘테스트를 더 중요하게 여기고 있잖아!"

무심코, 설득하는 말에 본심이 섞이고 말았다.

"카즈마, 저기 말이야. 토르 해머의 위력을 본 이 나라에서는 다니엘의 현상금을 15억으로 늘렸어."

"십…… 15억?!"

그 말을 들은 순간, 설득을 위해 생각하던 말이 전부 머릿속에서 사라졌다.

"숫자 따위 상관 없어. 게다가…… 다니엘은 나를 노리고 있잖아! 그렇다면 나는…… 사명을 위해 목숨을 걸겠어."

"그래……. 더는 아무 말도 안 할게, 리아. 프로듀서로서는 아쉽지만…… 나는, 네 선택을 존중하겠어!"

나는 리아의 어깨를 힘차게 두드리며 새하얀 치아가 드러나게 웃었다.

그런 내 언동이 뜻밖인 건지, 리아만이 아니라 시에로와 에리카도 몸을 젖히며 온몸으로 경악을 표현했다.

"뭐, 어어어어어……?!"

"카즈마, 설득하는 게 아니었어?!"

콘테스트 우승 상금은 10억. 하지만 리아와 함께 다니엘을 해치우면 15억……. 어느 쪽을 선택할지는 말할 필요도 없다!

"좋아, 리아가 다니엘을 토벌할 수 있도록 전력을 다해 돕겠어. 내가 아는 모든 모험가에게도 도움을 요청해볼게!"

3

모험가 길드에는 내가 소집한 이들이 모여 있었다.

"사토 카즈마. 무슨 용건으로 갑자기 나를 부른 거지?"

팔짱을 낀 미츠루기가 오만한 눈길로 나를 쳐다봤다.

태도가 아니꼽지만, 이 자리에 있는 이들 중에서 최고의 실력자인 만큼 참자.

"카즈마, 또 나쁜 짓을 꾸미고 있는 거 아냐?"

크리스는 항상 다른 일로 바쁜 탓에 안 보일 때가 많지만, 혹시나 하는 마음에 말을 꺼내보니 와줬다.

"나, 나 같은 게 여기 있어도 괜찮은 걸까……."

"융융, 너는 좀 더 자신감을 가져."

아, 홍마족인 융융과 아루에도 있는걸. 메구밍에게 연락을 부탁하길 잘했다.

"분명 여신님께서 이어주신 인연이겠죠! 자, 여러분. 이렇게 만난 것도 인연이니 여기에 사인을—."

"세실리, 미안하지만 포교는 나중에 해."

그녀를 부른 건 실수라는 생각이 들었다. 뭐, 성격에 문제가 있기는 하지만 실력은 확실하다.

그 외에도 내 연락에 응해서 모여 준 모험가가 몇 명 있었다.

"다들, 와줘서 고마워. 실은 너희에게 부탁이 있어."

"아앙, 부탁~? 나한테 빚을 지면, 비싸게 쳐 줄 거거든?"

"그딴 소리는 네가 진 빚이나 다 갚고 나서 해."

더스트가 시비조로 그렇게 말하자, 그의 동료인 린이 한소리를 했다.

더스트는 말투도 성격도 평소 행실도 나쁘지만, 저래 봬도 액셀 마을에서는 상위급의 모험가다. 그리고 그의 고삐를 잡는 린이 있으니까, 도움이 될 것이다.

"너희한테도 나쁜 이야기는 아냐. 고대 병기를 조종하는 강적과, 전설로 남을지도 모르는 성전을 치르자는 이야기거든!"

"성전…… 나쁘지 않은 단어네. 확실히 집필에 도움이 될 것 같아."

홍마족이 좋아할 시추에이션이기는 했다. 뒤편에 있는 메구밍도 콧김을 씩씩 뿜고 있다.

융융은 흥미가 없는 듯한 반응을 보이고 있지만, 볼이 약간 발그레했다. 홍마족의 피를 거부할 수 없는 건가.

"저기, 혹시 다니엘 씨를 말하는 건가요? 그분이 토르 해머를 부활시켰다던데……."

전직 마왕군 간부인 위즈는 정보 수집도 겸해 참가해 달라고 요청했다. 바닐에게도 말을 꺼내 봤지만, 위즈가 무단으로 구매한 쓰레기를 처분하느라 바쁜 것 같았다.

"하지만 지난번에 싸웠을 때는 사용자도 번개에 대미지를 받게 되는 양날의 검이었잖아? 혹시, 그걸 손에 넣은 거야?"

크리스의 질문을 들은 메구밍이 고개를 끄덕였다.

"녀석은 그 후에 야른그레이프를 손에 넣어, 토르 해머를 제어하는 데 성공했어요……. 솔직히 말해 부러워요."

"소드 마스터인 제가 동행했으면서도 저지하지 못하다니…… 정말 송구합니다, 여신님."

미츠루기는 아쿠아를 향해 공손히 고개를 숙였다.

"으음…… 동행했었어?"

"했잖아? 불쌍하니까 기억 좀 해주라고……."

"여신니이이이임……!!"

노골적으로 풀이 죽었지만, 덕분에 조용해졌으니 내버려 두자.

"아무튼, 다니엘과 토르 해머라는 조합은 위험해! 그래……. 이건 세계 규모의 위기 상황이야! 이제 내 부탁이 뭔지 짐작되지? 모험가로서, 이 사태를 두고 볼 수는 없다는 거야. 다들, 안 그래?"

내가 그렇게 말하자, 정의감이 강한 이들이 진지한 표정을 지었다. 하지만, 내 말이 먹히지 않는 상대도 있었다.

"싫어! 완전 귀찮아!"

딱 잘라 거절한 이는 바로 더스트였다.

"더스트, 귀 좀 이리로……. 만약 액셀이 습격을 당하면 어쩔 거야? 우리의 쉼터인 그 서큐버스 가게가……."

"카즈마, 하자! 이번에야말로 모두가 힘을 합칠 때야!"

"갑자기 의욕을 불태우네……. 더스트한테 대체 무슨 소리를 한 거야?"

그의 태도가 돌변하자, 린은 미심쩍은 눈길로 나를 쳐다봤다.

더스트는 간단히 함락시켰다. 아직 의욕을 내지 않고 있는 건—.

"저기, 세실리. 이 일에 끼면 아쿠시즈교의 주가가 상승해서 신도가 늘어날 게 틀림없거든?"

나는 그렇게 말하며 아쿠아에게 눈짓을 보냈다.

시선을 느낀 아쿠아는 고개를 갸웃거리더니, 내가 노려본 후에야 의도를 이해한 건지 세실리의 손을 힘차게 움켜잡았다.

"이번 일은 나한테도 아주 쬐끔 책임이 있어. 그러니까 도와주면 감사하겠어요."

"아쿠아 님…… 정말~ 귀찮아 죽겠지만, 저도 이 사람한테 협력할게요!"

이 처치 곤란한 프리스트도, 아쿠아가 이렇게 말해놨으니 협력할 것이다.

남은 건 홍마족 두 사람인가.

"아루에. 메구밍한테 들었을지도 모르지만, 예의 고대 병기는 끝내줄 정도로 멋지게 생겼어. 실물을 보고 싶지 않아?"

"……흐음, 매력적인 제안이네. 집필에 도움이 될지도 모르겠어. 좋아, 나도 협력할게."

"융융은, 으음……."

"도, 도울게요! 저는 메구밍의 라이벌이니까요!!"

……유인하게 편해서 좋네.

"이번만큼은 많은 사람의 도움이 꼭 필요해……. 다들, 잘 부탁할게! 물론 보수도 듬뿍 주겠어!! 다니엘 일행은 인근 마을을 습격하면서 액셀 쪽으로 오고 있는 것 같아……. 이 마을에서 그 자식을 막는 거야!!"

""""오오~!!""""

나, 아쿠아, 메구밍, 다크니스, 더스트, 린, 미츠루기, 세실리, 크리스, 융융, 아루에, 위즈.

결과적으로 꽤 유력한 동료가 모였다. 이 정도면, 해볼 만할까……?

4

작전회의를 한창 진행하고 있을 때, 다니엘에 관한 새로운 정보가 들어왔다.

"다니엘이 옆 마을을 습격했다고 한다. 마을 사람들은 겨우겨우 피난했지만, 건물을 다 박살 났다는구나."

다크니스가 테이블에 펼쳐둔 지도를 손가락으로 가리키며 정보를 전달했다.

"다니엘, 이 자식…… 죄 없는 사람들에게서 집을 빼앗다니……! 지금 바로 다니엘을 처치하러 가죠!"

"초조한 마음은 이해하지만, 진정 좀 해."

나는 분노한 미츠루기를 달랬다.

상대는 강적이다. 작전 없이 이길 수 있는 상대가 아니다.

"……다니엘은 왕도에서 무차별적으로 공격을 퍼부어댔어. 하지만 마을 사람이 아무도 죽지 않은 것을 보면, 현재 다니엘의 목적은 인간에게 해를 끼치는 게 아닐 거야. 그렇다면 목적이 대체 뭘까?"

"그러고 보니 예전에 『마왕군에 다시 고용되기 위해』 같은 소리를 했었어……. 마왕군에 자기 실력을 어필하고 있는 것 아닐까?"

나도 리아의 말을 듣고 떠올렸다. 전투 중에 그런 소리를 하긴 했었다.

"……그거야! 마을을 파괴해서 자기 실력을 선전하는 게, 다니엘의 현재 목적인 게 분명해!!"

"선전이라니, 쪼잔하네……."

"다들, 이 지도를 봐……. 이게 다니엘의 진행 루트야. 다음은 드디어 액셀 마을에 쳐들어오겠지……!"

그때 다니엘과 싸우는 게 타당한 작전일 것이다.

"그러고 보니 에리카 양과 시에로 양은요? 리아 양이 여기 있는데, 그 두 사람이 없으니 좀 이상하네요."

융융의 말을 듣고서야 눈치챘다.

그러고 보니, 그 두 사람은 어떻게 된 거지?

"……그 애들은 아직 왕도에 있어. 콘테스트에 대비해 연습 중이야."

리아는 입술을 깨물며 고개를 숙였다.

"두 사람에게도 협력을 요청하는 게 좋지 않을까요? 지금은 조금이라도 전력이—."

"메구밍, 그건 안 돼! 시에로와 에리카는 무희가 된다는 꿈을 가지고 있어. 그 꿈을 위해서라도, 이렇게 위험한 작전에 참가시키고 싶지 않아."

"……리아는 괜찮은 것이냐? 그렇게 열심히 콘테스트를 준비하지 않았느냐."

이번에는 다크니스가 물었다.

"세상이 위험에 처했는데, 느긋하게 무희 따위나 할 수는 없잖아……. 시에로와 에리카는 나를 대신할 사람을 뽑아서, 콘테스트에서 우승해줬으면 해……. 그게 내 꿈이야."

그 쓰디쓴 표정을 보니…… 진심에서 우러난 말처럼 들리지는 않았다.

"정말 괜찮은 거지?"

"응. 다니엘을 해치우지 못해선 콘테스트의 속행 자체가 어려워. 내 사명을 위해서라도, 꼭 싸워야만 해."

본인이 이렇게까지 말하니, 다른 이들도 입을 다물 수밖에 없었다.

조금이라도 전력이 필요한 만큼, 리아의 의지를 존중하자.

"결의를 다진 것 같네. 솔직히 말해, 다니엘과 싸우려면 마도 건반의 힘이 꼭 필요하거든. 그래 주니 고마워."

그 배리어가 있고 없고에 따라, 승률이 크게 달라지니 말이다.

5

우리는 액셀 마을 앞에 모였다.

상대는 강적이지만, 이 정도의 멤버를 모았으니 승산은 있……다고 생각한다.

"곧 시작될 거야. 다들, 준비됐지?"

"물론이에요. 빨리 폭렬마법을 먹여주고 싶어서 좀이 쑤신다니까요."

메구밍은 이 싸움을 위해 일과인 폭렬마법을 자제했다.

그 울분을 다니엘에서 마음껏 퍼부어달라고.

"무슨 일이 있어도 모두를 지키겠어. 그게 내 사명이야!!"

미츠루기는 후덥지근할 정도로 투지를 불태우고 있었다. 원래부터 저런 성격인데다 아쿠아가 보고 있는 상황까지 더해지면서, 의욕이 차고 넘치는 것 같았다.

"사명, 이라……."

그런 미츠루기를 본 리아가 자조하듯 그렇게 중얼거렸다.

……아직 마음의 정리를 못 한 것 같네.

"이리 오너라~!!"

"리아, 만나러 왔어!"

긴장감이 채워져 가는 가운데, 그것을 날려버리는 맑은 목소리가 초원에 울려 퍼졌다.

"시에로? 게다가 에리카도……. 왜 온 거야! 콘테스트는 어쩌고?!"

달려오는 두 사람의 모습을 본 리아가 깜짝 놀란 목소리로 그렇게 외쳤다.

"그 콘테스트를 위해 온 거야!"

"역시 리아가 없으면 안 될 것 같거든. 부탁이야. 액셀 하츠로 돌아와 줘. 응?"

두 사람이 리아의 손을 움켜잡으며 그렇게 말하자, 그녀는 한순간 기쁜 듯이 미소 지었다.

하지만 곧 얼굴을 숙이며 고개를 좌우로 저었다.

"……내가 무희를 해온 건, 기억을 되찾기 위해서야. 이제 전부 생각났으니, 활동을 이어갈 이유가 없어."

말은 그렇게 했지만, 리아의 표정은 쓸쓸해 보였다.

"그딴 건 몰라. 그리고 콘테스트 도중에 관두는 건 너무 제멋대로 아냐?!"

"두 사람한테 폐를 끼쳤다고 생각하긴 해. 진심으로 사과할게. 하지만, 지금의 나에게 중요한 건 다니엘을 막는 거야. 나에게는 토르 해머를 막을 힘이 있어. 그 힘을 사람들을 위해 쓰지 않고, 느긋하게 춤이나 추고 있을 순 없어."

"……리아, 노래와 춤을 좋아한다고 말했지? 그 말은 거짓말이었던 거야?"

"노래와 춤보다…… 사명이 더 중요해. 두 사람은 절대로 이 싸움에 참가하지 마."

"리아……."

아까와는 다른 의미에서 공기가 무거워졌다.

내가 참견할 수 있는 상황이 아닌걸. 하지만 결전을 치르기 전에 마음속의 응어리를 털어버리기 위해서라도—.

『긴급 경보! 긴급 경보! 마을 북동쪽에 다니엘과 찰리가 나타났습니다!! 다니엘은 위험한 고대 병기 토르 해머를 소지했습니다! 모험가 여러분은 정문 앞에 모여 주십시오!』

스피커에서 길드 직원의 목소리가 터져 나오자, 모험가들이 무기를 치켜들었다.

"카즈마! 예상대로 다니엘이 나타났어!!"

크리스가 눈을 가늘게 뜨며 하늘을 노려봤다.

그녀의 시선이 향하는 곳에는 와이번 두 마리가 있었다. 그리고 그 등에는 다니엘과 찰리가 타고 있었다.

"그오오오오오오……."

와이번이 지면으로 내려오자, 다니엘과 찰리가 등에서 뛰어내렸다.

"호오……. 다들 모여 있군. 다니엘 님에게 숯덩이로 만들어 달라고 부탁하러 온 거냐?"

"아니…… 오오, 리아! 만나고 싶었습니다! 기다리게 해서 죄송합니다! 당신의 미래 남편이 이렇게 찾아왔어요!"

다니엘은 평소보다 더 징그러웠다.

"그래, 나도 기다리고 있었어. 너를 쓰러뜨릴 오늘이라는 날을 말이지!"

리아는 필요 이상으로 전의를 불태우고 있는 것 같았다. 동료 두 명을 밀쳐내면서, 자기 자신을 돌이킬 수 없는 상황에 몰아넣은 결과인가.

"다니엘 씨, 자포자기하면 안 돼요. 우선 대화로—."

"닥치세요, 위즈. 마왕군의 배신자 주제에……. 동료를 모아 봤자, 이 토르 해머 앞에서는 무의미하다는 것을 가르쳐 드리죠!!"

그렇게 외친 다니엘은 번개를 뿜는 해머를 힘차게 치켜들었다.

"오오…… 저게 토르 해머……! 진짜 멋들어지게 생겼네!"

"그렇죠?! 저건 저희들 홍마족의 심금을 울린다니까요! 빨리 빼앗아서, 실컷 귀여워해 주자고요!!"

"두 사람 다, 그런 소리를 할 상황이 아니거든?! 정신 좀 차려!"

그리고, 아루에와 메구밍이 그 모습을 보며 기뻐했다.

홍마족 유일의 양심인 융융이, 그런 두 사람을 꾸짖었다.

"너희 따위가 고대 병기를 손에 넣은 우리 주군께 맞설 수 있을 것 같으냐?! 푸하하! 가소롭구나!!"

주군인 다니엘보다 찰리가 더 우쭐댔다.

"괜찮습니다, 찰리. 말로 못 알아듣는 자들의 몸에 직접 알려주도록 하죠……."

다니엘과 찰리가 인간 상태에서 토르로 변화했다.

"처음부터 전력을 다하겠다는 건가……. 상대로서 부족함이 없구나. 자, 그 번개를 나에게 날려봐라!!"

다크니스는 겁을 먹기는커녕, 오히려 희희낙락하며 돌진했다.

"카, 카즈마……. 정말 마도 건반으로 막지 않아도 되겠어?"

"쟤가 하는 말은 무시해도 돼. 타이밍을 봐서 내가 지시를 내릴게!!"

"자, 갑니다……! 제 번개의 위력을 어디 받아 보십시오!!"

다크니스를 조준하는 것 같지만, 그 여파만으로도 우리는 괴멸할지도 모른다.

"지금이야! 리아, 부탁해!"

"마도 건반…… 나에게 힘을 빌려줘!!"

6

일진일퇴의 공방이 이어졌다. ……아니, 정확하게는 밀리는 느낌이었다.

공격을 하려고 해도 상대의 공격을 유일하게 막아낼 수 있는 배리어 범위 밖으로 나갈 수가 없기에, 방어에서 공격으로 전환할 타이밍이 없었다.

"하아, 하아. 꽤 하는군요. 하지만 이걸로 끝입니다……. 번개여!!"

"크…… 이게……!!"

이제까지 중에서 가장 강력한 번개를, 리아의 마도 건반이 펼친 배리어가 막아냈다―.

"부질없는 짓입니다……! 어찌어찌 막아내고 있습니다만, 점점 밀리고 있군요!"

"저 고대 병기, 번개를 얼마나 날릴 수 있는 거야! 아무리 치트라도 그렇지, 해도 해도 너무한 거 아냐?!"

게다가 리아의 소모가 극심했다. 이대로 가다간…….

리아는 무릎을 꿇은 채 거친 숨을 내쉬었다. 한계에 도달한 게 명백했다.

그런 리아에게 다가가는 이가 있었다.

"리아!!"

"리아!!"

"시에로, 에리카! 두 사람 다, 왜……? 오지 말라고 했잖아!!"

"리아가 멋대로 관둬서 우리를 곤란하게 만들었잖아? 그래서 우리도 마음대로 굴기로 한 거야."

"아무리 방해만 되더라도, 네가 싸우고 있는데 손가락이나 깨물고 있는 건 사양하겠어!"

"시에로, 에리카……."

아름다운 우정이지만, 지금은 전투 중이라고. 수다나 떨 상황이 아니란 말이다. 적이 이 순간을 노린다면 일망타진을 당하고 만다.

"정말 아름답군요. 최애의 이런 모습은 정말 끝내줍니다……."

"네, 최고예요! 고귀합니다!"

……다니엘과 찰리가 손수건으로 눈가를 훔치며 주시하고 있었다.

이게 팬의 심리인 건가…….

"아무리 힘들더라고 함께할 거야! 우리는 앞으로도 쭉, 리아의 곁을 떠나지 않아!"

"우리가 힘을 합치면, 못할 일은 없어!!"

시에로와 에리카가 노래하기 시작하자, 거기에 호응하듯 마도 건반이 빛나기 시작했다—.

"앗, 마도 건반의 힘이 증폭되고 있어……?"

"리아, 노래하자!"

"우리는…… 셋이 함께 액셀 하츠잖아!"

"……응!"

세 사람이 한목소리로 열창하자, 배리어가 더욱 격렬하게 빛났다.

전장에서 갑자기 노래하는 의미는 모르겠고, 어찌 된 건지 금방이라도 사라질 것 같던 배리어의 빛도 강해진 것 같지만…… 뭐, 됐어! 결과적으로 잘된 거잖아!

"동료를 생각하는 그녀들의 마음에 호응해서, 배리어가 강화됐다…… 같은, 거구나!"

아쿠아, 두루뭉술한 해설을 해줘서 고마워!

"아니……?! 결계가 원래 강도로 되돌아갔어?! 아니, 더욱 강해진 건가?!"

"상황 설명, 땡큐! 저 자식들에게 빈틈이 생겼어! 공격을 퍼부어!"

린, 아루에, 융융이 일제히 마법을 날렸다.

허를 찔린 다니엘이 몸을 젖혔다.

"그오오오오!! 조무래기들이…… 건방지게에에에엣!!"

착실하게 대미지를 가하고 있다. 이상적인 흐름이지만, 내구력이 뛰어난 트롤을 해치우기 위해서는 더욱 공을 들여야만 하겠지.

"리아, 에리카, 시에로. 귀 좀 빌려줘."

세 사람이 다가오자, 나는 방금 생각난 작전을 전달했다.

"—할 수 있겠어?"

"가능은 하겠지만…… 그런 짓을 해도 되겠어? 만약, 타이밍이 조금이라도 빗나가면……."

리아가 자신 없는 듯이 고개를 숙이자, 나는 그녀의 두 어깨에 손을 얹었다.

"책임은 내가 지겠어! 그러니 안심해! 아이돌이 사고를 친다면, 그걸 어찌하는 게 프로듀서의 역할이잖아! 이렇게 눈부시게 빛나는 최고의 무대는 두 번 다시 없을 거야. 너희가 할 수 있는 최고의 퍼포먼스를 나에게 보여줘!"

"""네! 프로듀서!!"""

결심을 굳힌 모양이다.

상황이 여의치 않아 프로듀서를 맡게 된 나는 이제야 비로소 그녀들과 한 팀이 된 느낌이 들었다.

"나도 도와주지……. 가자! 마검 그람의 힘, 똑똑히 맛봐라!"

"그럼 나도 편승할까! 조금은 활약해야 내 몫을 챙길 테니 말이야!"

전위인 미츠루기와 더스트가 공격을 날려서 더욱 대미지를 입혔다.

"그워어어어어어어어어!!"

"좋아, 먹혔어! 이만큼이나 약하게 만들었으면 레벨 차도

의미 없다고! 지금이야말로 그걸 할 때야…… 크리스!! 그걸 하자! 그리고 아쿠아, 세실리. 마법으로 나와 크리스의 행운 수치를 상승시켜줘!"

"잘은 모르겠지만, 아무튼 알겠어! 『블레싱』!"

"아쿠아 님, 저는 귀여운 여자애를 맡을게요! 『블레싱』!"

지금이야말로 전투에 적합하지 않은 직업인 우리가 활약할 순간이다!

"내 스킬이 이런 위기 상황에서 도움 될 줄은 몰랐네! 카즈마가 가르쳐준 후로, 팬티 강탈마의 스승이란 오명이 붙고 말았지만…… 그래도 기뻐!"

"""『스틸』!!!!!"""

"하하하, 이 상황에서 스틸 따위……. 유감이지만 토르 해머는 훔치지 못한 것 같군요."

다니엘은 약간 당황한 표정으로 손에 쥔 토르 해머를 확인하고 한숨 돌리더니, 여유로운 미소를 머금었다.

"내가 손에 넣은 건 이거야……. 아하하……."

"아앗! 저건 딱 한 장 남아 있던 리아의 브로마이드! 마지막 한 장이었는데……."

크리스는 노리던 걸 못 훔쳐서 그런지, 정신적 대미지를 받은 것 같았다.

"다, 다니엘 님……! 브로마이드가 아니라, 도둑맞은 걸 신경 쓰십시오!"

"무슨 소리를 하는 거죠? 저들이 훔치고 싶어 한 토르 해머는 제가 들고 있지 않습니까. 자, 이번에야말로 숨통을—."
"그러니까 다니엘 님! 손을 살피십시오!!"
찰리는 눈치챈 것 같지만, 다니엘은 그의 말에 귀를 기울이지 않았다.
"—울부짖어라, 번개여!!"
토르 해머에서 뿜어져 나온 뇌광이 우리……가 아니라, 다니엘에게 떨어졌다.
"으갸아아아아아아아아아아아아아아!!"
"유감인걸, 다니엘! 내가 훔친 건 토르 해머가 아니라……이거라고!"
나는 비명을 지르는 다니엘에게, 손에 쥔 검은 장갑을 보여줬다.
내가 노린 건 처음부터 바로 이것이었다고!
"야른그레이프?! 장갑이 빼앗긴 탓에 감전된 겁니까……! 돌려주십시오!!"
"돌려달란다고 돌려줄 것 같아? 메구밍, 위즈! 날려버려!!"
이 순간을 위해 폭렬마법을 온존해뒀다.
그것도 기동요새 디스트로이어를 괴멸 직전까지 몰아넣었던, 저 두 사람이 함께 쓰는 폭렬마법이다!
"이 순간을 기다렸어요! 갑니다!"
""『익스플로전』!!!!!""

발사된 두 개의 폭렬마법이 다니엘에게 명중하기 직전—.

"지금이야아아아아아앗!!"

내가 절규를 외친 순간, 푸른빛을 뿜는 배리어가 펼쳐졌다. —다니엘과 찰리를 감싸듯이 말이다.

폭렬마법이 배리어 안에서 작렬하자, 그 위력은 밖으로 새어나가지 않으며 내부에서 휘몰아쳤다!!

몇 배로 부풀어 오른 그 위력에, 지면에는 거대한 구덩이가 생겨났다—!

"하하하, 이게 다 이 몸의 실력 덕분이라도. 다들 나한테 감사하라고~!"

"너는 딱히 한 것도 없잖아."

더스트와 린의 여전한 만담이 들려왔지만, 못 들은 척했다.

"아무튼, 이제 끝났어……!"

이제 저 애들의 일만 원만하게 해결되면 된다.

옆을 힐끔 쳐다보니, 액셀 하츠의 세 사람이 진지한 표정으로 서로를 응시하고 있었다.

"리아……. 우리, 네가 관두겠다고 했을 때 정말 슬펐어. 그리고 정말 걱정했거든? 우리를 두고 혼자 싸우려고 했잖아."

"시에로……."

"우리는 셋이서 한 팀인 액셀 하츠야. 춤출 때도, 모험할 때도, 리아가 없으면 안 돼."

"에리카……!"

"하지만…… 이렇게 두 사람에게 폐를 끼쳤는데……. 이제 나에겐 무희를 계속할 자격이……!"

정말 고지식하네. 미안하다는 말 한마디로 해결될 일이라고 생각하는데 말이다.

"무언가를 추구하는 것에, 이유 따윈 필요 없어요. 그래요. 폭렬의 길도, 무희의 길도 똑같아요."

……똑같지 않거든?

"마음껏, 좋아하는 일을 하면 돼! 리아는 무희, 계속하고 싶지?"

"응……. 시에로, 에리카……. 걱정 끼쳐서 미안해. 그리고 다시, 나와 무희 유닛을 짜주겠어?"

"물론이야! 또 관두겠단 소리를 하면 용서 안 할 거야."

"신생 액셀 하츠, 결성이네! 우승도, 마을의 평화도, 전부 손에 넣자!!"

세 사람은 굳은 악수를 나눴다.

이쪽도 어떻게 된 것 같다.

정말 일이 잘 풀렸다! 다니엘의 토벌 보수로 빚을 청산할 수 있지만, 잘하면 콘테스트 우승 상금도 손에 넣을 수 있……을지도 모른다!!

에필로그

그 후, 콘테스트 본선에 참가한 액셀 하츠는 뛰어난 실력과 마을을 구했다는 화제성 덕분에 우승했다.

그에 따라 토벌 보수와 콘테스트 상금을 전부 차지했다.

빚을 청산하고 각자에게 보수를 주고도, 내 손에는 어마어마한 돈이 남을 거라고 생각했는데—.

"쇼가 성공적으로 끝나서 참 잘 됐네. 언니, 닭튀김과 슈와슈와 한 잔 부탁해!"

길드 안의 술집에서 슈와슈와를 마시고 있을 때, 아쿠아가 내 옆자리에 앉았다.

"정말 멋졌어요. 절도 있는 춤과 노래에 한순간 넋을 놓고 말았다니까요."

"일전의 경험을 살린 거겠지. 처음 만났을 때와는 비교도 안 되는 수준이었다."

그리고, 메구밍과 다크니스가 맞은편에 앉았다. 평소 멤버가 모인 것이다.

"그렇죠……."

"카즈마는 왜 불만스러운 표정을 짓고 있는 거야? 전부 잘 풀렸잖아. 빚도 다 털어버렸고, 쇼도 끝났어. 조금은 기뻐하는 게 어때?"

확실히 전부 잘 풀렸다. —쇼의 막바지까지는 말이다.

그때까지는 아무런 문제도 없었다.

"그래. 만만세야. 쇼 마지막에 누구누구 씨가 감격한 나머지 『여기서 얻은 이익과 상금을 전부 기부하겠어요!』 하고 말하지 않았다면 말이지!"

시야 구석에 비치던 검은 머리가 크게 흔들렸다.

"그, 그건, 흥분한 나머지……. 마을에 막대한 피해가 발생했다니까…… 무, 무심코……."

검은 머리는 변명을 늘어놓고 있었지만, 나는 무시하며 말을 이어갔다.

"누구누구 씨도 거기 편승해서 『귀여운 우리에게 맡겨줘!』 하고 말했지."

"으음, 그게 말이야~. 사람들한테 주목받으니 기분이 좋아서……."

검은 머리의 옆에 있는 핑크 트윈테일이 좌우로 흔들렸다.

"나머지 한 명은 그나마 정상인가 했더니, 말리지도 않으며 히죽대기만 했어~."

"저기, 귀족으로서, 사람들의 생활을……."

귀족의 증표인 금발이, 검은 머리와 핑크 머리 뒤편에 숨었다.

아까부터 머리만 드문드문 보였기에, 나는 술집 테이블에서 몸을 쑥 내밀어서 쳐다봤다.

그러자, 바닥에 무릎을 꿇고 있는 세 사람— 액셀 하츠의 모습이 눈에 들어왔다.

그렇다. 이 애들은 쇼 끄트머리에 나한테 허락도 받지 않고…… 당치도 않은 소리를 늘어놓은 것이다.

그 많은 관객 앞에서 한 발언을 취소할 수도 없기에, 빚을 청산하고 남은 방대한 돈을 전부— 기부했다.

"하아~. 원래라면 지금쯤 거금이 들어와서, 유유자적한 하루하루를 보낼 수 있었을 텐데에에에에에~."

심술궂게 푸념을 늘어놓자, 세 사람은 바짝 붙어 앉으며 몸을 웅크렸다.

"이 꾀죄죄한 뒤풀이 파티장 좀 보라고. 원래는 고급 레스토랑을 통째로 빌려서 시끌벅적하게 떠들 생각이었는데, 이 꼴이 된다고요~."

코웃음을 치면서 어깨를 으쓱한 내가 고개를 돌리자, 길드 직원이 시선이 마주쳤다. 방금 한 말이 찔린 나는 슬그머니 시선을 돌렸다.

"카즈마, 그쯤 해두세요. 카즈마는 말주변이 좋으니까, 진심으로 비난했다간 웬만한 여자애들은 울음을 터뜨릴걸요?"

"그래. 불만이 있으면, 전부 나한테 털어놔라! 자, 그 어떤 독설이든 다 들어주마!"

메구밍과 평소와 다름없는 다크니스가 말리자, 일단 입을 다물었다.

세 사람도 진심으로 반성하고 있는 것 같으니, 이쯤에서 관두도록 할까.

실은— 전부 기부하는 척하면서, 실은 상당한 금액을 빼돌렸거든.

이렇게 떠들어두면, 누구도 내가 거금을 챙겼을 거라고는 생각하지 않을 것이다. 이것은 우리 파티원도 모르는 내 비자금이다.

평생 놀고먹기 계획은 좌절됐지만, 한동안 아무 일도 안 하며 느긋하게 지낼 수는 있을 것이다.

"하아아아아. 이제 됐어. 빚은 다 갚았잖아. 그것만으로도 충분한 이득—."

"어라~. 우리를 깜빡한 거 아냐?"

"카즈마, 장소가 바뀌었으면 말을 하라고. 점원에게 『사과 삼아 엉덩이 만지게 해줘』 하고 말했더니, 경찰을 부르지 뭐야."

등 뒤에서 들려온 목소리에 고개를 돌려보니, 크리스와 더스트가 눈에 들어왔다.

게다가 술집 입구를 통해 위즈, 린, 세실리, 아루에, 융융이 나타났다. 다니엘과의 전투에서 활약한 멤버가 뒤풀이 파티를 하는 이 술집에 도착한 것 같았다.

"다들 왔구나. 호화……롭지는 않지만, 술판 벌일 돈은 남겨뒀거든. 다들 적당히 먹고 마시라고."

"오예~. 공짜 술, 공짜 밥이다~. 좋아~, 한 일주일 치는 먹고 마셔볼까!"

"부끄러우니까 그러지 마."

더스트가 음식을 입에 욱여넣으려 하자, 린이 말렸다.

"오래간만에 우뭇가사리 슬라임 이외의 음식을 먹겠네. 앗, 이거 좀 싸가도 돼? 저기, 그건 양보해!"

"싫다고. 나는 이틀 동안 빚쟁이한테 쫓겨 다니느라 쫄쫄 굶었다고!"

"나도 어제 에리스 교도의 무료 배식을 훔쳐 먹은 후로 아무것도 못 먹었어!"

앗, 세실리와 더스트가 고기 쟁탈전을 벌이기 시작했다.

추악한 다툼이다. 얽히고 싶지 않으니 내버려 둬야겠다.

"와아, 이게 바로 뒤풀이 파티……."

"융융. 감격해서 울 일은 아니거든?"

이런 자리에 익숙하지 않은 융융이 감동에 빠지자, 그 모습을 본 아루에가 한숨을 내쉬었다.

"응, 이런 건 좋네. 기분전환이 되겠어."

크리스만이 순수하게 즐기고 있는 것 같았다.

"오늘은 내가 살 테니까, 사양할 필요 없네."

"통이 크네! 아, 맞다! 돈이야, 돈!~ 그러고 보니 나는 아직 보수를 못 받았거든?"

더스트가 고함을 지른 바람에, 다른 이들도 우리에게 주목했다.

맞다, 얘들한테도 보수를 줘야 하지…….

자, 잠깐만 기다려 보라고!

"어이어이, 설마 깜빡한 건 아니겠지?"

"에이, 쓰레기 주제에 이제 와서 깜빡했다는 소리를 할 리가 없잖아. 안 그래?"

"맞다, 카즈마 씨! 바닐 씨가 굿즈 대금을 아직 못 받았다고 했어요. 『만약 지불하지 않아서 악마와의 계약을 어긴다면, 어떻게 되는지 알고 있을 텐데?』 라며 저한테 화내더라니까요."

따지는 더스트와 린의 옆에서, 위즈가 볼을 부풀렸다.

큰일났다! 굿즈 제작비를 후불로 변경한 걸 깜빡했다!

"……하아, 정말! 젠장! 줄게, 주면 될 거 아냐! 슈와슈와나 팍팍 내와!"

결국, 빚을 다 청산하면 내 수중에 돈이 한 푼도 안 남는 거잖아!

"그럼 내가 비장의 개인기를 보여줄게!"

"그럼 저도 밤하늘에 화려한 폭렬의 불꽃을 피우겠어요!"

"기, 기다려라, 메구밍! 액셀 마을에서 더 문제를 일으켰다간 아버님에게 내가 혼날 거다!"

술을 미친 듯이 들이켜는 내 옆에서, 동료들이 평소처럼 떠들어댔다.

다른 애들과 소동에 끼어들면서, 상황은 수습할 수 없는 지경에 이르렀다.

액셀 하츠가 노래와 춤을 선보이고, 아쿠아가 개인기를 펼쳤으며, 영창을 시작한 메구밍이 세압당하자, 다크니스가 부러운 듯이 그 모습을 지켜봤다.

하아~. 평소와 마찬가지로 즐거운 밤이네, 빌어먹을!

■작가 후기

여러분 오래간만입니다? 혹은 처음 뵙겠습니다? 어느 쪽인지 모르겠으니, 가볍게 자기소개를 하겠습니다.

저는 예전에 『이 멋진 세계에 축복을!』의 스핀오프 작품인 『저 어리석은 자에게도 각광을!』을 집필했습니다.

그 인연으로, 이번에 『이 멋진 세계에 축복을! 판타스틱 데이즈』의 노벨라이즈를 담당하게 됐습니다.

뭐, 저에 관한 이야기는 이쯤에서 끝내고, 내용을 다룰까 합니다.

본작은 게임의 제1부 스토리입니다. 게임의 이미지를 망가뜨리지 않으면서, 원작인 『이멋세』다움을 소설로서 전면에 내세운다. 이 두 가지를 유의하며 집필했습니다.

게임에서 이미 스토리가 완성되어 있으니, 집필이 편하겠네! 와 같은 물러터진 생각을 품었던 저 스스로를 두들겨 패고 싶을 만큼 고생했습니다. 그것도 그럴게, 제1부의 대사 분량이 방대해서, 평범하게 써선 한 권으로 정리할 수 없었거든요. 어느 부분을 잘라낼지, 어느 이야기를 늘릴지……. 여러모로 고민할 포인트가 있었습니다. ……하지만, 그런 고

생보다 이 사랑스러운 『이멋세』 멤버들의 이야기를 또 즐길 수 있다는 기쁨이 앞섰지만 말이죠!

게임 오리지널 캐릭터인 액셀 하츠의 세 사람. 리아, 에리카, 시에로. 그녀들의 개성과 활약도 참 매력적입니다.

그건 그렇고, 이번에는 의외의 형태로 『이멋세』에 관여하게 됐습니다. 설마 게임의 노벨라이즈를 맡게 될 거라고는 생각도 못 했습니다.

이 멋진 인연에 감사해야만 하겠네요!

아카츠키 나츠메 선생님. 매번 신세 지고 있습니다! 『각광을!』에 이어, 이번에도 잘 부탁드립니다! 요즘 세상이 뒤숭숭하니 건강 유의하시길.

미시마 쿠로네 선생님께서 일러스트를 담당해주실 줄은 몰랐습니다! 작가로서, 무엇보다 『이멋세』의 팬으로서 정말 기대됩니다.

게임을 제작한 Sumzap 여러분. 재미있는 게임을 만들어주셔서 감사합니다! 더스트의 비중이 의외로 커서 참 기쁩니다.

그 외에도 스니커 편집부, 담당 편집자님, 그 외에도 이 소설 발간에 관여해주신 여러분, 진심으로 감사드립니다!

히루쿠마

■역자 후기

안녕하십니까. 근로청년 번역가 이승원입니다.

『이 멋진 세계에 축복을! 판타스틱 데이즈』 노벨라이즈를 구매해주셔서 진심으로 감사드립니다.

여러분, 이멋세가 또 돌아왔습니다!

분명 원작도 완결 났고, 스핀오프도 완결 났으며, 일러스트 집도 2권이나 나왔는데, 또 신작이 나왔습니다!

이름하여 『이 멋진 세계에 축복을! 판타스틱 데이즈』!

이멋세 게임의 노벨라이즈!

……이제는 이멋세의 저력이 어디까지일지 상상이 안 되기 시작하네요.^^

이렇게 시리즈가 이어지다가, 나중에 2부 시작! 두둥! 하는 건 아닌지 모르겠습니다, AHAHA.

물론 개인적으로는 대! 대! 대! 환영입니다.

이멋세 시리즈의 번역가로서도 새로운 일거리가 생겨서 좋지만, 팬으로서도 카즈마 일행의 활약을 더 볼 수 있다는 게 참 즐겁습니다.

곧 있으면 이멋세의 새로운 TV애니메이션도 시작하니, 독자 여러분도 기대 많이 해주시길!

그럼 본편에 대한 이야기……는 생략할까 합니다.

이무리 생각해도 신규 캐릭터인 액셀 하츠에 관한 스포일러에서 벗어날 수가 없을 것 같으니까요.^^

게임을 통해 이 스토리를 즐긴 분께서는 소설이라는 형태로의 신선한 접근이 되기를 바랍니다. 그리고 아직 게임을 플레이해보지 않은 분께서는 소설이 재미있으셨다면 게임도 즐겨봐 주시길!

그럼 이만 줄이겠습니다.

『이 멋진 세계에 축복을! 판타스틱 데이즈』의 노벨라이즈를 저에게 맡겨주신 L노벨 편집부 여러분. 진심으로 감사드립니다. 앞으로도 잘 부탁드립니다.

추석에 부산 내려왔다가, 작업실 누수 공사에 강제 동원된 악우들이여. 고맙다. ……다, 다음에 한턱 제대로 낼게! 이번 추석이 하드 스케줄이어서 어쩔 수 없었어! 다음에 내려오면 전설의 부산 풀코스(^^)에 도전해보자고!

마지막으로 언제나 제게 버팀목이 되어주시는 어머니와 『이 멋진 세계에 축복을! 판타스틱 데이즈』를 읽어주신 모든 분에게 진심으로 감사드립니다.

또 이멋세의 새로운 작품을 통해 독자 여러분을 다시 뵐 수 있기를 진심으로 빕니다!

2023년 10월 초

역자 이승원 올림

이 멋진 세계에 축복을! 판타스틱 데이즈

초판 1쇄 발행 2023년 11월 10일

지은이_ Hirukuma
일러스트_ Kurone Mishima
원작_ Natsume Akatsuki
원작게임_ Sumzap
옮긴이_ 이승원

발행인_ 최원영
편집장_ 김승신
편집진행_ 권세라 · 최혁수 · 김경민 · 최정민
편집디자인_ 양우연
관리 · 영업_ 김민원

펴낸곳_ (주)디앤씨미디어
등록_ 2002년 4월 25일 제20-260호
주소_ 서울시 구로구 디지털로 26길 111 JnK디지털타워 503호
전화_ 02-333-2513(대표)
팩시밀리_ 02-333-2514
이메일_ lnovellove@naver.com
L노벨 공식 카페_ http://cafe.naver.com/lnovel11

ISBN 979-11-278-7270-0 04830
ISBN 979-11-278-7269-4 (세트)

값 8,500원